おおさか川柳

千余句の人間川柳

礒野いさむ［編纂］

浪速社

〝川柳二五〇年〟

木枯やあとで芽をふけ川やなぎ

初代・柄井川柳

川柳の起源は、宝暦７年（１７５７年）初代柄井八右衛門川柳の川柳万句合わせが最初の開きとされている。そこから数え、２００７年8月２５日が２５０年目に当たる。

はじめに

産経新聞の毎火曜日夕刊の紙面に載る「おおさか川柳」は平成2年11月、大阪新聞に誕生した。

戦中・戦後は途絶えていたが、昭和三十年ころ復活したときの選者は近代本格川柳の祖と言われる岸本水府氏が担当され昭和40年逝去の年まで続いた。あと青木三碧氏が継承、その後現在の礒野いさむに至っている。

過去におおさか土曜、おおさか金曜川柳の時代があって、この四月から火曜日の掲載に変わり、毎回50句が掲載されている。昭和62年から選句に携わる私は、大阪、奈良、和歌山、兵庫の産経新聞読者からの投句を楽しく見ている。私の担当以後、継続して投句の方も数氏おられる。

江戸に発した川柳が発祥250年を迎えるこの年だが、川柳は柳多留句集などで全国に拡がり、大阪もその一大拠点となった。江戸以上に日常を楽しむことが多かった大阪の方が、川柳にふさわしい土地だったと言えるでしょう。

佳句佳吟一読明解いつの世も　　近江　砂人

わかり易い川柳を作りましょうと唱えて私は句を見てきました。世の進歩に伴って新しい言葉も多くなり、カタカナ語も少なくありません。辞書で調べ、人に訊ねて自分のものにして行かなければならないと思います。新聞柳壇の独自のカラーもあります。政治・経済・家庭に世相の激しい変化が川柳には率直に取材され表現されて詠まれています。人間川柳のぬくもりと人生観が合わせて心に響きます。地域文化の向上につながる「おおさか川柳」の作品が今ここに一冊の作品集として、より多くの人々に観賞して頂き書斎に飾っていただくことになりました。

出句者の半数以上が女性であることも特色の一つです。女性らしい想いを込めて一。

ハンドルを握れば風になる私　鈴木　栄子
幸福は夢中になれる趣味がある　松村　由紀子
同じ痛みを持っているから通じ合う　立石雉枝子

女性上位に時代にふさわしい感覚をもって作句に当たる人生観が見事である。

被災地を写すカメラの身が凍る　藤井　正雄
善戦はしたけど見ての通りです　西沢　司郎
審美眼の相違ピカソ派セザンヌ派　小舟　英孝

長年投句のベテラン三氏はどの課題にも取材に表現に巧みで元気に投句が続いている。句集「おおさか川柳」の発刊が、美しい国日本にぬくもりと色を添えてくれるだろう。

平成十九年五月

おおさか川柳選者　礒野いさむ

おおさか川柳

◆『おおさか川柳』目次

おおさか川柳

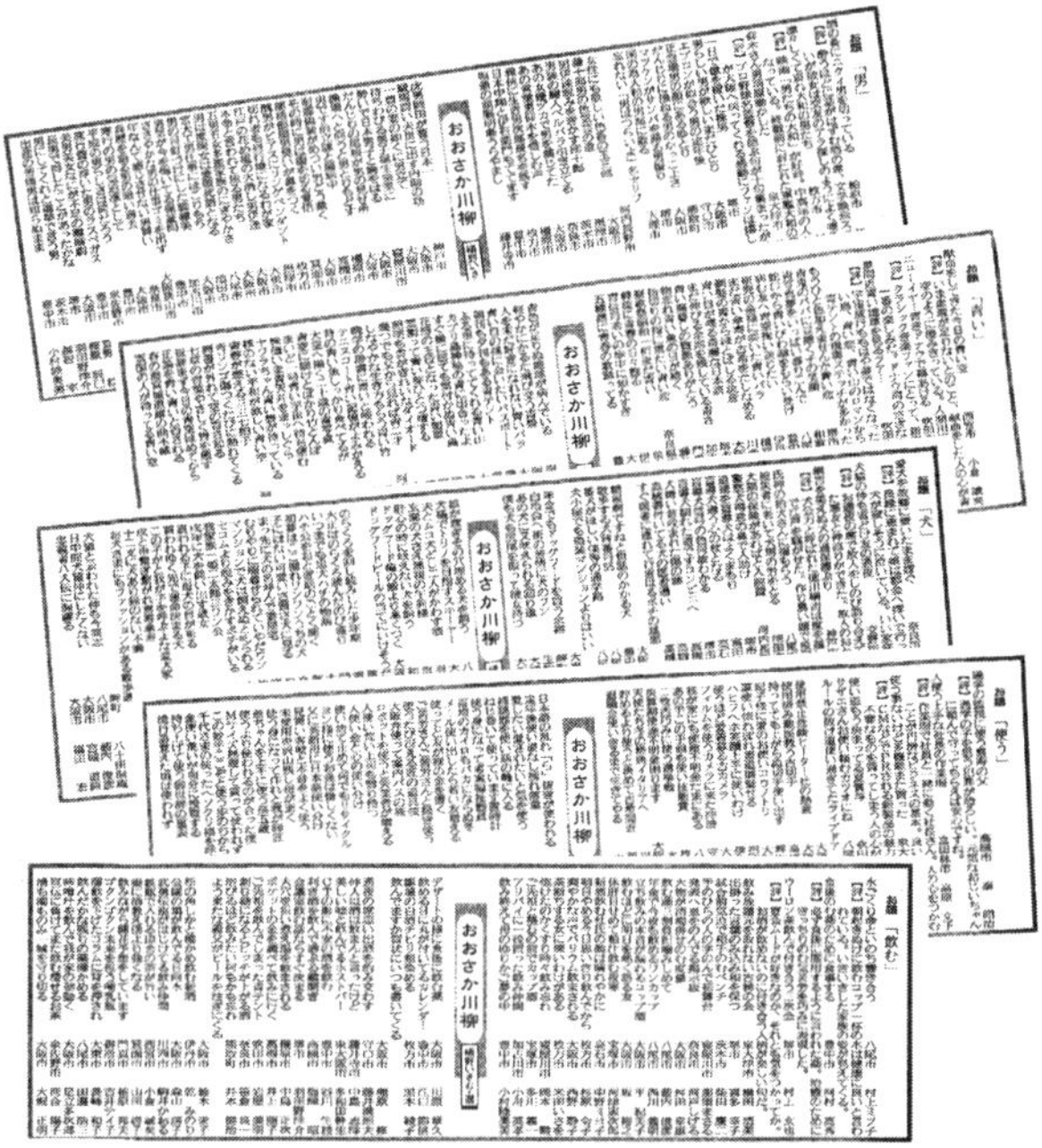

おおさか川柳について

産経新聞毎週火曜日（夕刊）の紙面に掲載の「おおさか川柳」は平成2年11月、大阪新聞に誕生しました。

昭和30年代に復活し、当初の選者は近代本格川柳の祖と言われる岸本水府氏が担当。その後、青木三碧氏が継承し、現在、礒野いさむ氏に到っています。

毎週の出題により政治・経済・家庭、そして人間のぬくもりを詠み込んだ句が多数よせられています。

役

（二〇〇六年一月六日掲載）

じいさんも役目をもらう通学路　**谷川　勇治**（豊中市）

通学の生徒らを襲う事件に父母の不安は募り、じいちゃんが見張役を頼まれている。犯罪を防いでほしい。

憎まれ役君しかないと持ってくる　**越智　宰**（茨木市）

頼まれた役目は意外な憎まれ役だったのに驚いたが、正義感の強い性格を生かしてやろうね。

歩には歩の役目があって生かされる　**藤井　満洲夫**（守口市）

将棋の歩のような存在感もまたよし。投句の皆さん新年おめでとう。今年もおおさか川柳に会心の作をお寄せ下さい。喜怒哀楽さまざまな人間川柳を。

無くてよい役も作って天下り　廣海　佳代子（橿原市）

聞き役にまわっているが饒舌家　澤田　和重（岬　町）

十指みな役目があって名前持つ　岩崎　公成（大阪市）
ムダな指は一本もありません。

安宅の関弁慶役の見せどころ　中村　純子（柏原市）
良い場面ですね。

役割りとあらば鬼にもほとけにも　小舟　英孝（加古川市）

名跡を継いでも冴える当たり役

西澤　司郎（吹田市）

ママの夢叶えてヅカの男役

石塚　常利（箕面市）

悪役の優しい素顔見てしまう

悪役の素顔は案外優しいものでした。

大堀　正明（大阪市）

名優を食った無言の切られ役

吉松　隆太郎（豊中市）

役に生きでんぐり返り舞台沸く

廣畑　茂雄（堺　市）

一人三役強くやさしい母の役

伴　洋子（柏原市）

世話役に選ばれてから丸くなり

それなりの人格、丸くなってきたようです。

舛田　幸雄（大阪市）

降ってきた代役という試金石

藤井　則彦（豊中市）

役満のリーチたばこの手が震え

思わず表情に出そうな役満のリーチという運試し。

田邊　浩三（八尾市）

役員になりそれなりの顔になる

山田　啓子（箕面市）

南

（二〇〇六年一月十三日掲載）

二次会はキタ派とミナミ派に分かれ　**藤井　正雄**（茨木市）

新年会の終わったあと、もう一軒と飲み直す店が北組と南組になって交遊を深めた夜だったね。

なつかしき鶴岡南海日本一　**石塚　常利**（箕面市）

なんば球場で強い南海ホークスのゲームを楽しんだね。鶴岡監督の采配ぶりを思い出すね。

南方で二年の捕虜は辛かった　**中島　志洋**（藤井寺市）

六十年前の戦争で南の島で捕虜になった人達があった。南座の歌舞伎、地名の南に恵方の南、大阪キタとミナミなど艶ある句が多かった。

帰れない遺骨南の海の底　川原　章久（大阪市）

太平洋戦争末期、南方戦線で散っていった幾千幾万の英霊の遺骨が未だ還らず、海底に眠っている。戦争とは何と痛ましい惨いものである。

南下する冬将軍に灯油買う　谷　武彦（大阪狭山市）

吉本を観てまむしを食べに行く南　山本　宏至（八尾市）

南街になにわ文化が生きている　駒井　かおる（川西市）

大阪ではキタは政治・経済を司る街であり、文芸・文化はミナミで花開き、今もその伝統を守っている。

北で映画南で芝居はしごする　西野　静子（大阪市）

南北に長い日本は四季多彩

鈴木　栄子（大阪市）

南北三、五〇〇㎞もある国です。北海道と沖縄では気象も咲いている花も随分違いますが、近年温暖化の影響で四季の推移が変てこになって来ましたね。

恵方気に南の店で買うジャンボ

柿原　勢津子（高石市）

南の島へ戦知らない子のレジャー

立石　雉枝子（堺　市）

グアム島をはじめ南の島々は若者達の海外旅行の人気コースであるが、六十年前にその同じ場所で同年配の若者が国の為に戦い、命を落としていった事を知っているのだろうか？

年金で南船北馬するゆとり

藤井　則彦（豊中市）

南極の鯨が取れず貴重品

中川　千世（枚方市）

南海の孤島に耐えた万次郎　牧野　隆之（大和郡山市）

人生は筋書きの無いドラマである。土佐で漁い出ていた一少年が遭難し、アメリカの捕鯨船に助けられ、そのまま渡米して英語を学び帰国。日米修好条約成立の立て役者になった。

世界遺産歩き紀南の旅終る　澤田　和重（岬　町）

京の街上がる下がるで北南　松井　富美代（大東市）

南向き叶わぬ夢の一戸建　舛田　治子（大阪市）

南向きよりも大事な耐震度　樫原　辰巳（大阪市）

油

（二〇〇六年一月二十日掲載）

船の事故重油まみれの鳥と魚　**樫原　房枝**（大阪市）

積みこんだ重油が海中海辺を汚した被害は魚や鳥にも及んで、船長が詫びるだけでは済まないね。

きつねにもたぬきにもある油揚げ　**駒井　かおる**（川西市）

うどんはきつね、そばはたぬきと言われる店での軽食ながら美味しかったねと彼女が言ってたね。

藤十郎油地獄に艶があり　**南條　琴江**（大阪市）

京都の南座で見た襲名の坂田藤十郎の芸をたたえて鮮やか。今回の特選は三人とも女性のやさしく厳しい作品であった。

ガソリンの値上げに愛車ふてくされ　山本　豊（堺　市）

油汲み上げて地球を沈ませる　瀬戸　かつみ（羽曳野市）

あれだけの量の石油を地下から汲み上げているのですから、何時か何処かで地表が陥没するのは間違いないですよね。

カルチャーで錆びた頭に給油する　立石　雉枝子（堺　市）

合併に水と油が握手する　川上　智三（和歌山市）

メガバンクをはじめ各業界でかつての敵同士であった企業が合併を行い、業界再編が進んでいるが、果たして内部は上手くいっているのであろうか。

言い訳へ流す冷汗油汗　あまのとーな（大阪市）

たしなめたつもりが何と火に油

川田　晋（羽曳野市）

菜種油で車走らす温暖化

的形　保（尼崎市）

これからは絶対にソーラーカーの時代です。煙を出す車とは、もうすぐおさらばです。

ケーキ買う嫁と姑の潤滑油

藤井　正雄（茨木市）

潤滑油母さんがいて廻る家

谷川　勇治（豊中市）

晩酌は六十路ムチ打つ潤滑油

梅津　昭（高槻市）

油切れしたなと思う倦怠期
藤井　満洲夫（守口市）
永い間一緒にいる夫婦。お互い飽きてくるのも当然でしょう。でもこの辺で何か新鮮味のある生き方を考えてみては……？

油まみれで働く彼に惚れ直す
宮田　一朗（摂津市）

道三の野望とろりの油売り
高岡　健太（堺　市）

アラブ国アブラ値上げでアブク銭
稲原　治（岬　町）
石油産油国は強い。オペックを後ろ楯にして自由に利益を得ることができる。日本はただ指を銜えて見ているばかりである。

油が切れたと居酒屋に今日も寄る
大堀　正明（大阪市）

男

（二〇〇六年一月二十七日掲載）

酒の肴にニクイ男を切っている　**伴　洋子**（柏原市）

酔うほどに話がはずむ酒の席、文学映画スポーツもよいが彼女は交友のアラ探しのようによく喋るね。

凛々しくて哀れ大和の男たち　**村上　比呂秋**（枚方市）

映画「男たちの大和」が好評。中高年の人々の話題になっている。終戦前に討たれた軍艦大和の悲劇に。

仰木さん男清原動かした　**助川　和美**（泉大津市）

プロ野球名監督を偲ぶ句が十句集まったが、清原選手が大阪へ戻ってくれる感動にファンは嬉しかろ。

男らしい男が欲しいまだひとり

辻部　さと子（大阪市）

エプロンが似合う男の定年後

井端　幸子（守口市）

良かったですね。これで奥様もやっと楽になります。これからは婦唱夫随で楽しく生きて行きましょう。

国の為大和の男海に散る

鈴木　信輔（天理市）

一豊の妻の如くに男立て

南條　琴江（大阪市）

千代は男を操る天才であったかも。こんな妻をもった男は幸せ者ですね。でも、根底には夫婦間に強い愛情があったから出来たのです。

虎男岡田が誓う日本一

金銅　政芳（神戸市）

だんじりの尾根が男の見せ所

川原 章久（大阪市）

耐震偽装がめつい男どう裁く

笠嶋 恵美（大阪市）

姉歯事件だけではないようで、次から次へと偽装が発覚。活断層の上に住んでる私達は一体どうなることやら。一級建築士の責任は重大です。

その時に男は腹を切る覚悟

山田 啓子（箕面市）

本命と言われて焦る男たち

野田 まゆみ（大阪市）

男は度胸女は愛敬死語となる

澤田 美知子（池田市）

男の目釘づけにした脚線美
小舟　英孝（加古川市）
男なら釘づけになるのはごく当然でしょう。美しいものに見惚れて何も罪はありません。が、マナーだけは心得て下さいね。

ささやかな男の仕事ゴミを出す
河原　信幸（大阪狭山市）

平成の男らしさは何だろう
河合　陽子（泉佐野市）
難しい問い掛けですね。昭和の男らしさとはかなり違って来ている様です。平成を謳歌されてる貴女のご意見は如何でしょうか。

長男で得したことがあったかな
羽田野　洋介（堺　市）

出産の苦痛男は知らぬまま
小村　陸奥美（豊中市）

青い

（二〇〇六年二月三日掲載）

献血をしてきた今日の青い空　小倉　誠矣（西宮市）

いま血液が足りないとのこと、献血をした人の心が青空のように澄みきっている。人間川柳だ。

ニューイヤー青きドナウで幕あける　西澤　司郎（吹田市）

クラシック音楽ファンにとって、新春のコンサートが一番の楽しみだ。ドナウ河のさざなみの曲が嬉しい。

夢間近青い地球を見るツアー　宝子　あい子（吹田市）

宇宙旅行ももはや夢ではなくなった。実現が近い。青い鳥、青い恋、青い山のロマンから、青信号、青畳、青テントの現実スケッチが多かった。

もうひと色加えませんか青い恋

羽田野 洋介（堺 市）

青春時代の恋は一途であやうい。まっすぐであるから青い。もう一色加えると安定感がある。

青写真夢をいっぱい盛りこんで

村上 ミツ子（八尾市）

蛇口から青いびわ湖をもらい受け

増田 敏治（豊中市）

まだ伸びる余地を残している青さ

小舟 英孝（加古川市）

青い、イコール若さ、まだまだ伸びる余地を持っている。いつまでも優しく見守ろう。

青色が足りぬ地球が病んでいる

坂口 英雄（岸和田市）

人を未だ好きになれない青いバラ

武内　美佐子（大東市）

朝刊も夕刊もある青テント

青テントに住んできっちり新聞をとっている。しかも夕刊も……。川柳を投句しているかもしれない。

藤井　則彦（豊中市）

照明も青がきれいなダイオード

舛田　治子（大阪市）

晩学の辞書に青いと嗤われる

定年をすぎてからもう一花咲かせようと学んではいるが、すぐ字を忘れ、同じ字を引いている。その度辞書にわらわれる。

藤井　満洲夫（守口市）

背の青い魚しっかり食べてるが

藤井　道夫（泉大津市）

まいど一号青い宇宙へ待ち望む　喜多　幸子（堺　市）

核のない平和が欲しい青い空　井上　克美（河内長野市）

青リンゴ傷つくたびに熟れてくる　高岡　健太（堺　市）

青リンゴという少女も失恋のたびに大人になって心も熟れてくる。そして少し恐ろしい女になる。

祝辞まず今日の青空ほめてから　藤井　正雄（茨木市）

正論を青い青いと否される　多和田　幹生（東大阪市）

犬

（二〇〇六年二月十日掲載）

愛犬を故郷に置いたまま嫁ぐ

笹倉　良一（奈良市）

良縁に恵まれて娘は都会へ嫁いで行った。残された愛犬が寂しそうに泣いている。いい家庭スケッチだ。

犬猿の仲も雪どけ友の通夜

勝山　ちゑ子（交野市）

お通夜の席で故人をしのび語り合えて、交友のとだえた悪友と仲直りができた。故人のおかげだね。

綱吉を笑えぬ犬の過保護ぶり

岸本　博子（神戸市）

犬公方と呼ばれた徳川綱吉は度を越した動物愛護政治で江戸を騒がせた。作り易い題で投句者も多かった。

道徳を盲導犬はよくまもり　高原　文子（富田林市）

盲導犬ほど律儀な犬はいない。どこへ連れて行ってもおとなしく、ご主人さまを待っている。

犬嫌い昔咬まれた傷の跡　西村　良三（高槻市）

犬が嫌いな人は昔のトラウマのせいである。幼少の頃の恐怖はいつまでたっても消えない。

血統書付いてる犬の医者通い　佐甲　昭二（高槻市）

すぐ医者に連れて行きはるポチの風邪　奥村　五月（大阪市）

糖尿病ですねと世話のかかる犬　増田　敏治（豊中市）

番犬がほしい僕等の通学路　辻本　淳子（八尾市）

あの犬に又吠えられる回り道　堀　満寿美（大津市）

吠える犬は決まっている。あの角を曲がるといつもこわい犬がいる。今日も回り道をして帰ろう。

肝心の時に吠えない犬を飼う　中垣　徹（和歌山市）

全く気まぐれな犬だ。親しい友が来た時は吠えるくせに、あやしい人を見ても知らん顔をしている。

ドッグフードビールの当てにいけそうだ　桜井　雄二（堺　市）

のらくろを回し読みした少年期　石川　清一（堺　市）

まっ先に犬の名呼んで妻帰宅　境　益也（寝屋川市）

イチローちゃん、ただ今と妻はとても優しい声で帰ってくる。僕には声もかけてくれない。

マンションで犬は飼えぬと叱られる　安田　初枝（大阪市）

セコムより睨みをきかすポチがいる　柚田　重代（大阪市）

買われゆく先で運命決まる犬　観野　宏（大阪市）

お犬さまにもファッションがある散歩道　八十田　洞庵（岬　町）

浅い

（二〇〇六年二月十七日掲載）

浅はかに押したハンコが命とり

桑原　三和子（伊丹市）

高価な商品購入でしょうか。それとも何かの保証人になってしまったのか。後悔先に立たず。

古希の恋お食事だけで傷浅い

小島　知無庵（神戸市）

老いてからの二人のお付き合い。思わぬ噂に心乱れることもあるでしょうが、楽しい日々を。

浅間山股旅映画なつかしい

横井　孝志（高槻市）

浅間山を舞台に国定忠治という侠客の大物が活躍する映画があった。たしかにもう昔話ですね。

生き下手な夫婦浅瀬で挫折する　胡内敏雄（奈良県王寺町）

今ならば傷が浅いな別れても　藤木孝子（吹田市）

別れるなら傷の浅い方が良い。

根の浅い俗論を斬るペンの自負　佐甲昭二（高槻市）

傷口の浅い中にとお説教　川端啓子（大阪市）

キズ浅いそのひと言に立ち直る　駒井かおる（川西市）

四面楚歌浅い縁にもメールする
本田 律子（西宮市）

喋り過ぎ底が浅いと見透かされ
人間が軽く見られる喋りすぎ。
川田 晋（大阪市）

突っ込みが浅くて笑い取れぬ芸
酒 徹酔（大阪市）

去る者は追わずと浅い縁を知る
結局は浅いご縁だったらしい。
辻部 さと子（大阪市）

付き合いも敬語で話す浅い仲
井端 幸子（柏原市）

外野から傷は浅いと言われても　村上　ミツ子（八尾市）

浅い眠り亡夫が笑顔で呼んでいる　仲谷　弘子（岸和田市）

浅学をいま晩学で筆を持ち　藪中八重子（枚方市）

付き合いは浅いが心読めてくる　沖津　キミ子（八尾市）

付き合いは浅いが相性が良いらしい。

浅い傷切られの与三の源氏店　藪内　俊彦（八尾市）

株式

（二〇〇六年二月二十四日掲載）

遺産の株妻を株式通にする

山田　啓子（箕面市）

昨年から株価は上昇基調。遺産に限らず、これまで株とは無縁だったのに急に興味を持つ人も増えた。

招待券興行株が好きな祖母

藤井　正雄（茨木市）

株主優待で乗車券や映画館の券をもらうことを楽しみにする人も多い。投機的でないのがほほえましい。

株成り金公会堂を遺し逝く

片岡　悦雄（大阪市）

大正七年、岩本栄之助は大阪市中央公会堂を建設し、市に寄付した。公益の精神が生きていた時代だ。

株投資先ずは身につく本を買い　山中　常春（天理市）

笑えない株が人生狂わせる　尾崎　文男（高槻市）

縁切ったはずの株価に目が移る　瀬戸　かつみ（羽曳野市）

長いこと冷えた株にも春が来る　奥村　五月（大阪市）

遺産分け株で貰って又もめる　坂本　耕一（茨木市）

とらのこの株式抱いて死ねません

黒木 綾子（枚方市）

株式欄赤線引いてほくそ笑む

かなり研究のあとが見られる株投資。

井端 幸子（守口市）

株談義誰も損した話せず

株で損したなどとは言えぬはず。

岡林 哲夫（松原市）

キャリアウーマン先ずは株式欄を読み

近頃は女性の方が積極的ですか。

大堀 正明（大阪市）

ボケ防止株式欄がお気に入り

大家 定（尼崎市）

買わないが買ったつもりで見る株価

松井　富美代（大東市）

愛社精神自社株持って強くなる

自社株を持つと一層愛社心が湧いてくるようです。

伴　洋子（柏原市）

自社株を見たこともないお父さん

吉松　隆太郎（豊中市）

億の金株で稼いでいる無職

何とも羨ましい限りです。

増田　隆昭（生駒市）

未公開ですが成長株の僕

井本　健治（熊取町）

使う

（二〇〇六年三月三日掲載）

通学の監視に使う喜寿の父　秦　昭治（高槻市）

通学の子を狙う犯罪が恐ろしい。元気なおじいちゃんに頼んで守ってもらえば安心ですね。

人使う上手な社長の作業服　高原　文子（富田林市）

作業服で社員と一緒に動く社長さん。人の心をつかむことが円滑なビジネスの基本。良い人間川柳です。

使う事ないけど多機能また買った　横田　清美（泉大津市）

ＣＭなどでＰＲされる新製品の魅力につられて、つい不要なものを買ってしまう人の心がよく出ている。

持っても上がらぬ切手使い出す
昔はたのしかった切手の収集ですが。
稲原　治（岬　町）

筆使い惚れぼれ書道展魅せる
宮田　一朗（摂津市）

我が家にも使途不明金たまにある
鉄村　富貴子（八尾市）

貯めるより使うと決めて古希間近
貯めるより使うよろこびがわかってきたようです。
小倉　誠矣（西宮市）

決算期使途不明金困ります
中原　ヒロ子（大阪狭山市）

退職金使いきるまで生きてやる

西野　豊光（大阪市）

愛したい愛されたいと気を使う

辻部　さと子（大阪市）

百均のカイロもバカにならぬ冬

久保田　益祥（岸和田市）

人使い荒い上司も翳り待つ

順繰りでリストラもここまで来たかという感じ。

裏野　忠夫（東大阪市）

ロボットを使うと失業者が増える

川畑　忠（堺　市）

使う身になって作れと我が師匠

孫のためなら、何も惜しまない爺ちゃんの心意気。

吉岡　隆雄（西宮市）

爺ちゃんを上手に使う孫五歳

松尾　美智代（豊中市）

金使い荒いが自分に投資する

中島　正次（橿原市）

持ち上げて使う御世辞の裏表

酒　徹酔（大阪市）

流行語覚えた頃は使われず

中島　志洋（藤井寺市）

飲む

（二〇〇六年三月十日掲載）

水ごくり命といのち響き合う　村上　ミツ子（八尾市）

朝起きぬけに飲むコップ一杯の水は健康に良いと言われている。いきいきした家族の姿が見えてくる。

食後のむ薬のために食事する　河村　高秀（豊中市）

必ず食後に服用するように言われた薬。治療のためにきっちりのむ気苦労を巧みに表現した。

ウーロン茶飲んで付き合う三次会　村上　玄也（堺　市）

宴会ムードが好きなのか、それとも気をつかってか。お酒が飲めないのに付き合う人柄が楽しい句だ。

飲み放題元を取れない古稀の会

横田　清美（泉大津市）

居酒屋に「飲み放題」が目立つ昨今、店の方も心得ていて、そんなに飲めるものでないと勘定に入れている。年とともに酒も徐々に弱くなってゆく、ほどほどがよい。

立ち飲みの本音が漏れるコップ酒

平　紀美子（大阪市）

飲むほどに明日を熱く語る友

坂　裕之（大阪市）

サラリーマンの夢は未来のことだ。今にみてろと友達に心境を語る、前向きでよい。

明日やめる今日思いきり飲んでから

杉原　令子（枚方市）

やけ酒は止めた方がよい、悪酔いする。明日酔いが醒めてから辞めるかどうか考えよう。

デザートの様に食後に飲む薬

川原　章久（大阪市）

飲める日に丸が付いてるカレンダー
江口　節信（豊中市）

ＣＴの影に不安の酒を飲む
谷川　生枝（豊中市）

利き酒を飲んで通ぶる蔵開き
梅津　昭（高槻市）

会議室飲む話ならすぐ決まる
羽田野　洋介（堺　市）

固い固い話より帰りに一パイ行こかの話なら、飲んべえはすぐ賛成する。やはり酒は日本人をなごませる武器か。

ご先祖を飲んでしまった青テント
岩屋　美明（吹田市）

割り勘になるとピッチが上がる酒　笹倉　良一（奈良市）

妻に酒教え僕より強くなる　山田　啓子（箕面市）

たまに君も飲めとすすめた酒がいつの間に主人より妻が強くなっていた。後悔しても遅し、酒に強いかどうか血統にもよるらしい。

飲んだかな残りの薬確かめる　田邊　浩三（八尾市）

宣伝に負けてまた飲む痩せるお茶　河合　陽子（泉佐野市）

清も濁ものみ一城を守り切る　大堀　正明（大阪市）

歌

（二〇〇六年三月十七日掲載）

まず一勝歌うぜ校歌甲子園

西久保　佳史（大阪市）

センバツ高校野球大会が近づいてきた。母校の活躍を祈る愛校心と勝利への意気込みがよく感じられる。

また一人寮歌を歌う友が減る

藤井　道夫（泉大津市）

共に学んだ友人の不幸を哀しむ心情がよく詠われている。肩を組んで寮歌を歌う日々があったのだろう。

詠み人の心頷く丘の歌碑

増田　隆昭（生駒市）

やまと路には万葉歌などいい歌碑が多い。はるかな時を超えて作者の心情が伝わることは感動を呼ぶ。

遭難を悼み仲間の鎮魂歌　池田　一男（大阪市）

山の男に惚れるなよという歌がある。冬山はなだれや気候の急変で帰らぬ人となる例が多々見られる。よくその辺をわきまえて行動し、鎮魂歌を仲間の人に避けて貰う方向にしてもらいたいものだ。

人生の喜怒哀楽に歌がある　高島　重数（堺　市）

認知症軍歌を歌う友悲し　平岡　俊恵（川西市）

痛ましい事件祈りの鎮魂歌　松村　由紀子（守口市）

おめでたの予言だったか詠進歌　西澤　司郎（吹田市）

船頭の歌が絵になる川下り

井上 克美（河内長野市）

秋にもなると十津川下りの客で一ぱいになる。船頭の美声の民謡はお客の心を自然と合体させる。またよき思い出となる。

奴の歌六甲おろしだけまとも

児玉 敏明（大阪市）

廃虚の街リンゴの歌に癒やされる

尾崎 文男（高槻市）

戦後の日本人を活気づけ元気づけたのは「リンゴの歌」だったと言っても過言でない。歌は人の心を和らげ勇気づける不思議なものがある。

鼻歌を歌いごまかす今日の恥

木村 サナヱ（大阪市）

「岸壁の母」を聞くたび祖母が泣く

山田 紀代美（橿原市）

持ち歌を先に歌われて慌ててる　山口　隆司（東大阪市）

歌碑みれば今も胸うつ乱れ髪　岩屋　美明（吹田市）

美空ひばりの塩屋の岬にある歌碑、やはり「ひばり」はうまかった。今だにそれを越す歌手は出ていない。

春風に送り迎えの歌が乗る　越智　宰（茨木市）

クラス会昭和の顔で飲み歌う　羽田野　洋介（堺　市）

宴会で歌う歌で大体の年齢層がわかる。昭和の時代の育った人、軍隊に行った人、軍歌やバタやんを懐かしむ。

音痴でも酒の力が歌わせる　奥村　五月（大阪市）

水

（二〇〇六年三月二十四日掲載）

水浸し今も脳裏にジャズの街　　**仲谷　弘子**（岸和田市）

ハリケーンに襲われた街の復興へのジャズファンの想いだ。天災の恐ろしさを知らされて。

リハビリのプールの水が温かい　　**駒井　かおる**（川西市）

主治医の勧めでプールで泳ぐ歩くなどして体調を整える人が増えた。みな元気になりましょう。

悪い癖人の話に水をさす　　**竹林　都紫子**（大阪狭山市）

水をさす。水くさいなどよく使われる日本語だが冷たいはなしだ。うとましいですね。

水軍が勇名馳せた瀬戸の海

牧野　隆之（大和郡山市）

左遷地の水がうまいと負けてない

加島　由一（堺　市）

その調子、水のうまい土地は酒もうまい。そして人情味がある。長い人生でいろんな経験するのもやがて糧となる。

抜けと言う抜くなとも言う膝の水

葛野　直子（池田市）

最近膝の弱い人が多くみられる。運動不足か栄養のアンバランスか、医者に膨張している膝の水をとってもらうのに悩む。これで治るのかと経験した人の意見を聞くのも解消の策か。

水を買う卒寿の母はあきれ顔

長崎　和子（大東市）

水琴窟のやさしさを知るフルムーン

西野　静子（大阪市）

鴨川の水が産湯の妻の肌

真野　稔（豊中市）

東京の水に馴染めぬ河内弁

鈴木　栄子（大阪市）

江戸っ子と河内弁、息のよいのは似ているが、ベランメーとオッサンでは釣り合わない。それだけ東京と大阪は生活のリズムが違う。だが三年も経てば水になれますよ。

もらい水二時間待った震災時

岸本　博子（神戸市）

春近し鹿も喜ぶお水取り

輿石　直子（高槻市）

暦はうまくしたもの。お水取りが終わると春らしくなる。これは人間だけでなく鹿・猿の動物にも朗報だ。

地元では売れない水が他所で売れ

稲原　治（岬　町）

百選の水故里の顔となる　澤田　和重（岬　町）

大暴れしたいコップの中の水　井本　健治（熊取町）

山頂へ勇気をくれた岩清水　中島　志洋（藤井寺市）

コーヒー好きこだわる水を汲みに行く　中島　正次（橿原市）

このコーヒーまずいな、それを水のせいにする。水は自然に湧く水の方が味がある。田舎で育った人は舌が知っている。朝のモカにこだわる人は車でわざわざ湧き水を汲みに行く。そこまで凝るとプロだ。

うっかりと返事できない誘い水　舛田　治子（大阪市）

薬

（二〇〇六年三月三十一日掲載）

胃ぐすりをそっと忍ばせ花見酒

小曽根　義生（明石市）

八分咲きの桜をめでて仲間と飲み交わす楽しさの中に、胃ぐすりは欠かせぬ男のおかしさが良し。

薬草を採りに夫婦で春の山

足立　多次郎（大阪市）

夫婦揃っての山歩き、どんな薬草が見つかりましたか。花見は楽しめましたかと申したい。

薬が合わずじんま疹出る私です

土居　和子（柏原市）

体質のちがいか副作用か、じん麻疹で体がかゆくなっては侘しいね、と申し上げたい句だ。

目薬をさして泣いてる春が来る　八木　弘子（高槻市）

最近街角でマスクをした人をよくみかける。花粉症の季節がやってきた。

そんな時気付け薬と言う味方　辻井　博明（門真市）

惚れ薬期限が切れて倦怠期　佐竹　喜游（守口市）

惚れた腫れたも月日がたてば冷めてくる。

万病の薬と信じ祖父写経　吉松　隆太郎（豊中市）

お前もかクスリ持参のクラス会　西野　豊光（大阪市）

薬漬けの長寿は長寿とは言えぬ　笹倉 良一（奈良市）

寝たきりになって長生きしたいなんて誰も思っていない。

処方箋飲めば癒ると信じたい　坂田 俊江（奈良市）

人口が減らぬ薬を作ろうぜ　野村 啓亮（枚方市）

少子化に対し女は「子を産む機械」と発言した大臣がいた。こんな薬を誰か発明しないか。

旅行先食後だれもが薬出し　村山 美津子（大阪市）

旅先で薬を見せ合っている風景をよく見かける。老人医療費の高騰を嘆く。

透析と薬で凌ぐ命乞い　小田原 令子（泉佐野市）

失敗を良い薬だと諭す親　坂　章美（大阪市）

ペニシリンに救われてより親米派　中嶋　隆男（橿原市）

老兵は昔も今もセイロガン　佐治　斗舟（堺　市）

バイアグラ飲んでも効かぬ歳になり　酒　徹酔（大阪市）

後はもう日にち薬と母がいう　中村　純子（柏原市）

白い

（二〇〇六年四月七日掲載）

核のない地球になれと白い鳩

胡内　敏雄（奈良県王寺町）

いつになったら核のない世界になるのか、平和のシンボルである鳩の嘆きが聞こえてくる。

白い帆に希望の風を孕ませる

藤井　満洲夫（守口市）

無限大の夢を抱いて新入学、新入社の人々の船出の時、さあ風よ吹け、白い帆が待っている。

白足してごらん癒しの色になる

小村　陸奥美（豊中市）

原色の絵の具に白を足すと柔らかなパステルカラーになる。白の持つ不思議な力。きれいな題なのでさわやかな句が多かった。

白無垢を纏う娘を夢に見る

娘の晴着姿を胸に抱き、親はせっせと働くのである。

酒　徹酔（大阪市）

城兵の歓喜を聞いた白い壁

本田　律子（西宮市）

ユトリロの白い町からエアメール

別所　利夫（羽曳野市）

底抜けに明るい嫁の歯が白い

明るい嫁はわが家の宝であり和やかな朝を迎える。

岩屋　美明（吹田市）

タレントの落ち目は白い予定表

山田　啓子（箕面市）

白星に金も名誉もついてくる

石川 清一（堺 市）

白足袋の裏に地団駄踏んだ跡

喜田 准一（和歌山市）

白票を投じ抵抗してみせる

藤原 喜美子（枚方市）

碁敵へいずれは僕が白を持つ

昨日の友は今日の敵。碁盤に対座すればむくむくと敵愾心が湧く。

笹倉 良一（奈良市）

白いもの白いと言って左遷され

平 紀美子（大阪市）

白いエプロン似合う小さな母でした
高岡　健太（堺　市）

答案のヤマが外れてみな白紙
山勘が当たり百点とれた。外れた時のみじめな思い。
西澤　司郎（吹田市）

気の弱い鬼で白旗隠し持つ
武本　碧（和歌山市）

漂白の利かない過去を抱いている
人生はやり直しがきかない。一日一日を大切に。
奥　時雄（堺　市）

落書をされて悲しい白い壁
井上　克美（河内長野市）

券

（二〇〇六年四月十四日掲載）

極楽行き切符下さい阿弥陀さま

越智　宰（茨木市）

長寿国の高齢者の想いがすっきりと詠まれている。口語体の叙法もひとあじありますね。

縁起良い駅の切符を買い漁り

尾崎　文男（高槻市）

幸福駅など楽しい駅名をたどって全国を廻った人が居ましたね。いい収集プランが嬉しいです。

あとわずかこの定期券使う日も

那須　まさる（寝屋川市）

これは侘しい句です。定年退職後の心情がよく判ります。生活につながる券の彩り良し。

押しつけの義理券で見る花舞台　佐治　斗舟（堺　市）

思い出の半券今もとってある　真城　麻子（泉大津市）

サービス券使わぬままに期限切れ　河合　陽子（泉佐野市）

その中に使おうと思ってる間に紙くずとなってしまった無念の心境。

金のある奴ほどもらうビール券　野村　啓亮（枚方市）

裁判所傍聴券を出し渋り　河戸　しげる（奈良市）

券一枚徹夜で買った巨神戦

巨神戦も以前ほどの盛り上がりはないが、甲子園は何時も満席である。

池田　一男（大阪市）

場外馬券奇跡を祈り夢賭ける

秦　昭治（高槻市）

図書券が入った父のお年玉

図書券を握り本屋に走って行った子供の喜々とした姿が目に浮かぶ。

小舟　英孝（加古川市）

招待券手ぶらで行けぬ発表会

横田　清美（泉大津市）

半券がアリバイ証明助かった

飯島　脩子（大東市）

途中下車出来ぬ人生乗車券　観野　宏（大阪市）

人生は特急券より鈍行で　木庭　トシエ（大阪市）

鈍行の旅でゆっくり世間を見てみよう。

予約券私の前で終わりとは　平岡　俊恵（川西市）

割引券無駄にはしないキリトリ線　山田　紀代美（橿原市）

馬券には推理と運が乗っている　土佐　邦一（大阪市）

出る

（二〇〇六年四月二十一日掲載）

国を出てよその国技で名を挙げる　中村　真里子（伊丹市）

横綱・大関を外国人が占める大相撲に人気がある土俵だ。モンゴル出身の力士がよくやるよ。

ひたすらに出番を待っている補欠　小霜　真弓（京田辺市）

ゲームに出られない補欠選手。野球もサッカーも出場を狙う選手たちよ、ガンバローよ。

また旅に出る寅さんの淋しい背　大堀　正明（大阪市）

映画・男はつらいよの寅さんは今も人気者だ。失恋して旅に出るシーンがわびしい。テレビの再上映楽し。

ラブレター出して返らぬ片想い
輿石　直子（高槻市）

毒舌も出てきてうれし回復期
原田　トミ子（藤井寺市）

子の寝息聞いて明日へ出る元気
あまのとーな（大阪市）

金を出す気のない父も口は出す
「金は出すが口は出さない」父ならばいいのだが。
加島　由一（堺　市）

こんな時あんた出る幕ありません
水野　博義（神戸市）

童謡を唄う八十路に出るファイト　黒木　綾子（枚方市）

出る言葉いつも遺憾の謝罪席　薮内　俊彦（八尾市）

昨夜までは潔白を主張していた人が、一夜明ければ謝罪している。こんな映像にも国民は慣れてしまった。

入口はあれど出口のない論議　川人　濱子（宝塚市）

口角泡をとばし口論いつまでやっても結論が出ない。こんな不毛の論争は早くやめた方がいい。

舞台裏可愛い衣装で出番待つ　山田　恭子（大阪市）

涙出た寛美の笑い今一度　柏原　邦夫（門真市）

酔えば出る十八番の黒田節　伊東　正晴（松原市）

口づけで終った人の通夜に出る　鯉田　秀紀（交野市）

隠しても顔に出ている下手な嘘　木庭　トシヱ（大阪市）

「目は口ほどに物を言う」相手からはとっくに嘘を見抜かれているのである。

上の子に続いてみんな村を出る　奥　時雄（堺　市）

前に出て風を防いでくれた父　水野　黒兎（豊中市）

泊まる

（二〇〇六年四月二十八日掲載）

雀友が四人揃って泊まる宿　真城　利三郎（泉大津市）

白浜温泉へ泊って深夜まで麻雀して大勝したことが私にもあった。麻雀が盛んな頃だった。

泊まったホテル耐震偽装あとで知る　真野　稔（豊中市）

ホテル建築工事のルーズさに呆れるばかり。うっかり泊ったあほらしさがよく詠われている。

駒子いそうな想いで泊まる雪の宿　和気　慶一（松原市）

川端康成の小説「雪国」の艶のあるシーンが今もなつかしい。孫が来て泊るが最も多かった題だ。

花の下漂白歌人旅立ちぬ

森　良一（堺　市）

二泊目も同じ料理の膳につく

奥　時雄（堺　市）

夜明けまで碁盤を囲む泊まり客

葛野　勝規（池田市）

パソコンで安い順から探す宿

パソコンのおかげ、便利で良い時代になりました。

岩崎　公成（大阪市）

一葉で泊まれる宿を探します

竹内　結子（吹田市）

家族旅行ポチも泊れる宿選ぶ

増田　隆昭（生駒市）

お遍路へお大師さまと泊まる寺

信仰の深さが良い人生を結ぶのです。

砂川　信子（大阪市）

級友と枕投げした伊勢の宿

たのしかった青春のひとこまです。

大隅　克博（堺　市）

五人部屋鼾の主はよく眠り

早く寝た者勝ちですね。

浅埜　輝男（豊中市）

雛僧に躾されてる寺泊まり

多和田　幹生（東大阪市）

泊まる場所くらいあるぞとたんか切る　前田　宏史（川西市）

あの頃は会社に泊まる日が二十日　棚原　修（大阪市）

厳しい時代を生き抜いてきた労働戦士の姿が見られます。

民宿のおやじの釣果夜の膳　廣畑　茂雄（堺　市）

古城ホテルに泊まるプランのパスポート　立石　雄枝子（堺　市）

ＣＤを二泊三日で借りて聴く　藤井　則彦（豊中市）

産む

（二〇〇六年五月十二日掲載）

ご無事でと期待が重い岩田帯

吉井　テイ子（御所市）

秋篠宮妃のご懐妊に期待する声、案ずるより産むが易しと言うけれど、秋のおめでたお元気で。

パソコンで産院探す若夫婦

井端　幸子（守口市）

パソコンで産院を探してる核家族、産婦人科医の不足、現代の問題が重く表現されている。

真っ白な産着に千の夢をみる

井本　健治（熊取町）

この世で初めて着るのが産着。この子の未来を思う親心が巧みに詠われている。いい感覚句だ。

産れるとすぐ立つ馬に汗握る　前田　征子（堺　市）

神様から授かる命産む決意　秦　昭治（高槻市）

産声が春の陽射しにこだまする　八木　弘子（高槻市）

産んだのは親の勝手と反抗期　河戸　しげる（奈良市）

何事にも親の発言に背く年代の子を叱りつけると、産んだ親が悪いのさと、言い負けないいね。つらい家庭川柳だ。

戌年の安産ねがうマタニティー　中野　ミヨ子（高石市）

産めよ殖やせよ国の為には産めません　高岡　健太（堺　市）

仏より神より産んで呉れた親　廣畑　茂雄（堺　市）

産まないで子育て論を得々と　塩田　馨（奈良市）

子育て論をとうとうと説く女性評論家、出産の経験がないのに一角の母性意義にあきれるね。

鳶が鷹産んだと言って褒められる　尾形　貞延（枚方市）

平凡な親なのに天才型の息子の目覚ましい活躍ぶりに、昔のことわざを使って叙法が巧みな句だ。

名も財も無く子宝に恵まれる　越智　宰（茨木市）

男の子産まれたらしい鯉のぼり
佐甲　昭二（高槻市）

産もうかな報奨金が出るのなら
谷川　生枝（豊中市）

モーツアルト聴いて産んだよこの卵
横田　清美（泉大津市）

産んだ後休む間もない母でした
真城　麻子（泉大津市）

産んでくれた親に感謝のインタビュー
樫原　辰巳（大阪市）

変わる

（二〇〇六年五月十九日掲載）

人生を変える決意の遍路笠

石川　清一（堺　市）

元民主党代表が辞任したあと四国の札所巡りをした事を思い出す。人生観をいかに変えたのか。

変わりもん家族で一人アンチ虎

石塚　常利（箕面市）

家族五人とも阪神タイガースファンなのに、巨人ファンが一人居てなにもかも変り者らしいね。

相変らず損した株が眠ってる

山田　啓子（箕面市）

株価が騰っているのに、損をした株に限って忘れずに残している情景が目に浮かぶ。

恋知った女ルージュの色変わる　宮田　一朗（摂津市）

念願の恋結ばれて姓変わる　片岡　悦雄（大阪市）

日高川姫が蛇となる早や変わり　井出　敏（大阪狭山市）

中村勘三郎の道成寺を見て、早や変りの巧みさ、舞台に感動して楽しかった。

会議からカラオケに来る声変わる　銭谷　照子（堺　市）

襲名で芸風変わる見事さよ　窪　順三（門真市）

人生を変えた一言幸之助　沖原　光彦（柳井市）

創業者松下幸之助の苦労が今も伝えられ、読まれているが、その一言に教えられることが多い。

定年後いつも留守番ぼくの役　谷口　東風（大東市）

パパ急死息子の態度急変す　小角　とよ子（八尾市）

ツッコミとボケで我家の気分変え　水野　黒兎（豊中市）

二代目が変えた社風で蘇る　西澤　司郎（吹田市）

変な手を打ってニヤリと高段者　川口純男（寝屋川市）

年の功妻が投げ込む変化球　中垣　徹（和歌山市）

定年後婦唱夫随になりました　松本あや子（大阪市）

カナになり何の会社か判らない　野村啓亮（枚方市）

株式上場の会社にもカタカナの社名が増えた。製造業か販売業か四季報を調べぬと判らないね。

五木の書読んで人生観変わる　真城麻子（泉大津市）

乗る

（二〇〇六年五月二十六日掲載）

祭りにはかかせぬ乗りのよい男　平位　隆二（豊中市）

岸和田のだんじり祭りに勇ましい男たちの働きぶり、風土色を守る頼もしい男たちよ。

乗る予定だった電車の事故を知る　上嶋　幸雀（池田市）

尼崎のＪＲ脱線事故から一年、怖い思い出が今もある。人生の運不運を感じさせる詠み方だ。

夜行バス乗ると朝には故郷の空　沖津　キミ子（八尾市）

各地へ直行の夜行バスが便利だと乗客にもてている。車以外の「乗る」にも佳作が多く、人間川柳に味あり。

一、二輌目には乗らないあの日から　高島　重数（堺　市）

逆転打風に乗ったと言う謙虚　小倉　誠矣（西宮市）

サヨナラホームランで勝ったチームの選手は、甲子園の風に乗れたんで幸せだったたと、おとなしい発言がファンを喜ばせたね。

縁結び乗る特急は出雲行き　冨内　茂（大阪市）

乗る心地明治気分の人力車　浅田　隆山（橿原市）

勝ち馬に乗っては生き抜く処世術　喜田　准一（和歌山市）

美女からの相談ならばすぐに乗る

辻部　さと子（大阪市）

断れず若葉マークの横に乗る

森下　一知（羽曳野市）

武が乗り赤エンピツの目が光る

小舟　英孝（加古川市）

名騎手武豊が乗る馬券は必ず買うと言うファンがいる。予想表の赤エンピツが楽しそうだ。天皇賞も有馬賞も。

相談は乗るが力も金もない

中島　志洋（藤井寺市）

千代よ見よいざ功名の駒に乗る

廣畑　茂雄（堺　市）

勝ち運に乗るこの髭はまだ剃れぬ　越智　宰（茨木市）

月水は母の介護のバスに乗る　川上　智三（和歌山市）

どっち乗る新幹線か飛行機か　川畑　忠（堺　市）

株投資流れに乗れと云うけれど　真本　嘉代子（茨木市）

株式投資の解説者は簡単に乗れと鉄鋼株を奨めるけれど、自動車株も電機株にも魅力あるしね。

いい笑顔表彰台に乗る静香　山田　恭子（大阪市）

晴れ

（二〇〇六年六月二日掲載）

往き帰り運よく晴れて富士が見え　村上　玄也（堺　市）

新幹線で東京へ向かう時、戻ってくる時、やはり車窓が気になる。富士山はそれほど人々を引きつける。

塩漬けの株へようやく晴れマーク　喜田　准一（和歌山市）

昨年夏から上向いてきた株価が、ご家庭にも温もりを運んできたか。明るい詠み方に好感が持てる。

献血を終えた心は日本晴れ　鈴木　栄子（大阪市）

ささやかだが社会に貢献して晴れ晴れとする心情を爽やかに語っている。人間川柳の本流だろう。

団十郎復帰口上晴れ晴れと　中村　真里子（伊丹市）

くもり後晴れを信じている手術　松本　あや子（大阪市）

手術台に乗ったときから家族や本人の願いは神にも祈りたい気分となる。

疑いを晴らしてくれるアドバイス　山田　啓子（箕面市）

拉致家族晴れる心はいつの日か　菊池　以莫（寝屋川市）

北朝鮮の核による脅しで拉致家族のことは話題にならず、家族の人は待ち遠しい日を送っている。

特訓の手応えあった晴れ舞台　武内　美佐子（大東市）

出不精の背をどんと押す晴れマーク　大堀　正明（大阪市）

点滴が外され母の晴れる顔　安田　修二（大阪市）

晴れやかな顔で主権を握る妻　観野　宏（大阪市）

女性上位の時代、おそらくこの句は定年を主人は迎え、いよいよ妻が実権を握るときが来たと晴々してきたのだろう。

晴れ男次の幹事をひき受ける　佐治　斗舟（堺　市）

晴耕雨読田舎住まいで板につき　宮城　道直（大阪市）

飛行雲見上げ平和をかみしめる　仲谷　弘子（岸和田市）

一言で心が晴れる思いやり　松尾　美智代（豊中市）

人は言葉に応々にして誤解を招く。受け取り方でいやな感じがしたり、あとでじわっと良いこと言ってくれたとその思いやりを気づく。

叙勲受け壇上の人晴れ晴れと　吉本　司（大阪市）

春と秋に叙勲の発表がある。叙勲を受けた人、祝福されて壇上の人になる、一生一度の晴れ舞台となる。

晴れやかに金賞いただくコンクール　吉川　勇（池田市）

晴れ姿見せたい時に親は無し　吉岡　隆雄（西宮市）

紙

（二〇〇六年六月九日掲載）

粉飾がバレ紙屑になった株　**川田　晋**（羽曳野市）

村上ファンドやライブドアなど異色の人々がもたらした株式の波乱に、翻弄された人の嘆きがよくわかる。

一字なら色紙に愛と書くだろう　**野田　和美**（大阪市）

墨痕あざやかな愛の一字をイメージできる。女性らしい句で魅力がある。

道行きになくてはならぬ紙の雪　**和気　慶一**（松原市）

上方歌舞伎の名舞台ですね。紙吹雪、紙風船、紙おむつなど今回の題は幅広い題材が集まりました。

莫山の墨痕似合う和紙がよい

坂口　貞夫（豊中市）

ヨコ一で有名になった書道家の莫山、大きい筆で力強く書く、これはやはり日本紙は墨がよくなじむ。

過去は過去今を生き抜く再生紙

藤井　満洲夫（守口市）

紙一重で買った気分は有頂天

大谷　君子（枚方市）

プライドを包む老舗の包装紙

森下　一知（羽曳野市）

百貨店の包み紙にもプライドがある。有名な店はデザインもよい。中身はどうあれ、せめて包み紙でも老舗のものを持って歩きたい。

印鑑を押せば紙にも力出る

舛田　治子（大阪市）

寄せ書の色紙に浮かぶ友の顔　真野稔（豊中市）

戦時中であれば日の丸の旗に寄せ書きをして、武運長久を祈ったのだが、今では卒業記念くらいか、その名前を見てあの人は今頃と思い出す。

紙吹雪舞って梨園の初舞台　武本碧（和歌山市）

赤紙で召され会うのは靖国で　小野寺梓（枚方市）

たとう紙に母の心を包み込む　平紀美子（大阪市）

あの手紙なければ私他人の妻　伊之坂登美（熊取町）

歌舞伎では紙子着て舞う伊達男　田中　公江（寝屋川市）

下手な字も色紙に書けば味が出る　山本　宏至（八尾市）

紙一枚されども重い約定書　多和田　幹生（東大阪市）

契約書・保険の約定書など取引にサインして印を押す。これは取引上の約束ごとで、重要な意味をなす。軽々しく印を押してはいけない。

紙芝居施設めぐって二十年　浅田　侑良（池田市）

切れ者の元上司いま紙おむつ　平岡　徹朗（尼崎市）

美しい

（二〇〇六年六月十六日掲載）

会いたいと無性におもう声美人　藤井　則彦（豊中市）

電話で語り合うしかない相手の声は、美しく聞こえるのかもしれません。会いたい気持ちが伝わります。

審美眼の相違ピカソ派セザンヌ派　小舟　英孝（加古川市）

美術展を鑑賞するときに同行者がいると、それぞれの視点や見解が違ったりして刺激的ですね。

大河ドラマ武将の妻はみな美人　川上　智三（和歌山市）

ほんとうに美人だったかどうかはともかく、そのほうがドラマを楽しく観られるのは間違いありません。

ひな壇の美人代議士華やかに　俵本　政文（御所市）

美しい嘘に低温火傷する　山田　啓子（箕面市）

生き上手八方美人通す人　葉野　千代子（八尾市）

女性は美しくありたい。それをどう維持するかだ。その人なりの努力が必要。

美しい器に今朝のナスキユウリ　佐治　斗舟（堺　市）

美しい嘘にまみれた偉人伝　和気　慶一（松原市）

国会で美人議員が増えてきた

伊東　良雄（松原市）

さすがプロ美貌に年を取らせない

浅埜　輝男（豊中市）

美しい女性表紙の顔になる

的形　保（尼崎市）

美しい島に似合わぬ軍事基地

増田　隆昭（生駒市）

沖縄はまだ戦後は終わらない。米軍基地の近くにはハイビスカスの花が咲いている。海も美しいサンゴの島だ。県民は基地の撤去を願っているのだが。

日本人の美徳を写す千枚田

中村　真里子（伊丹市）

葵祭り平安の美が今も生き
棚池　一雄（宇治市）

美しい嘘を承知で妥協する
岩崎　公成（大阪市）

自画像は少し美人に書いておく
山田　紀代美（橿原市）

有名画家は必ずといってよいほど自画像を残している。女性の場合、美しく目立つよう画くのは当然。

イナバウアーで観客魅了美しく
猪木　惣市（箕面市）

美人薄命きれいな母は卒寿すぎ
山裾　嘉壽子（和歌山市）

長い

（二〇〇六年六月二十三日掲載）

長かった家のローンも先が見え　**伊東　良雄**（松原市）

住宅ローンの残額が少なくなった喜びは、とてもよくわかります。家計に余裕が出れば次の楽しみも。

長い旅悲鳴をあげた我が愛車　**松村　由紀子**（守口市）

連休に愛車のハンドルを持つ楽しさが女性らしく描かれています。日々の整備と手入れはお忘れなく。

長編をゆっくり読める日々となり　**中村　純子**（柏原市）

愛読するのは恋愛小説でしょうか、スリラーでしょうか。この題の異色作として魅力のある句です。

怖かった長い吊り橋ふりかえる　石川　清一（堺　市）

谷間をつなぐかずら橋。下を見ると渓谷だ。キャーキャー言って渡った橋、長い長い肝だめしだった。

ジュゲムジュゲムその先が言えますか　米田　いさを（枚方市）

長かった下積みがあり今の俺　沖原　光彦（柳井市）

長い目で持ってた株に花が咲き　中垣　徹（和歌山市）

ありがたい長いお経に来る睡魔　西澤　司郎（吹田市）

事により長蛇の列も苦にならず

猪木　武久（葛城市）

福袋を買うため楽しみと欲の列が並ぶ。一～二時間はそんなに気にしないのだろう。

マンションより長屋住まいの人情味

喜田　幸子（堺　市）

老老介護うれし悲しい長寿国

立石　雉枝子（堺　市）

長生きするのも考えもの、肉親を介護する苦労人には言えないものがある。七十歳の人が九十歳を介護する、これは幸福というより悲劇だ。

長く生き感謝してます無料パス

木庭　トシヱ（大阪市）

父の骨納めて長い介護済む

鯉田　秀紀（交野市）

下積みの長さが練った人間味

酒　徹酔（大阪市）

好い事がある日の日記長くなり

森　良一（堺　市）

好い事もいろいろあるが印象に残ること、書き留めておきたいのは山々、自然と文章が長くなる。

生命線長いと言うて先に逝き

小霜　真弓（京田辺市）

占い師から、あんた生命線が長いので九十ぐらいまでは生きられると言われ、これを自慢していた人が八十でぽっくり、人の命は計れない。

長電話妻のストレス解きほぐす

藤井　満洲夫（守口市）

三番まで歌うカラオケ長すぎる

武内　美佐子（大東市）

並ぶ

（二〇〇六年六月三十日掲載）

高校で席を並べて今夫婦　生田　祐子（阪南市）

若き日の想い出と二人の愛情が温かく描かれていて、青春時代をなつかしむ思いも溢れてくる。

艶っぽい健脚並ぶギャル御輿　村川　登美子（大阪市）

天神橋筋の名物、ギャル御輿をかつぐ女性の華やかさと艶やかさがよく描かれて楽しくなる句だ。

万博で並ぶ習慣ついている　高原　文子（富田林市）

どんなに並ぶとしても、何時間も並ばされた万博ほどではないでしょうね。着想の良い女性らしい詠み方。

並ばずにネットで何でも買えますわ　野村　啓亮（枚方市）

今まさにネット販売業の花盛り、ＣＭで「今すぐ」がなかなか申し込んでも配達されない。簡単に買えるのはよいが、品定めが難しい。たまに不良品をつかまされる。要注意。

妻の年七が並んでおめでとう　澤田　秀男（野洲市）

並んでる靴だけ見れば子沢山　大西　健二（大阪市）

子供が学校から帰ってくると次は塾通い。ちゃんと靴を並べ靴箱に入れてくれるといいんだが、散らばっていると子沢山に見える。靴をきちんと並べさせるのも躾のひとつ。

兵馬俑並ぶ兵士の顔ちがい　井上　桂作（守口市）

大阪城内で何年か前に中国の兵馬俑展があった。よくよく見るとひとりひとり顔型も服装も違っていた。こんなに多くのものが発掘されたとは考えられない、やはり中国は歴史が古い。

一列になると絵になる渡り鳥　野田　和美（大阪市）

清流に釣り竿並ぶ解禁日

西川 義明（八尾市）

並べるとなるほど酷似二人の絵

武本 碧（和歌山市）

並べたら僕も見抜けた盗作画

梅津 昭（高槻市）

行列に並ぶ好きです日本人

嶋 喜八郎（箕面市）

そうです。それは戦時中、戦後と配給配給でよく並んだ。タバコを買うにも並んでいました。好きですと言われても止むを得なく馴らされたんです。

ねぎ坊主ズラリ並んでフラダンス

垣内 スミ子（河内長野市）

万国旗等しく並ぶ平和かな　舛田　幸雄（大阪市）

訃報来る並んで撮った無二の友　宮田　一朗（摂津市）

傍聴券緊張した顔並んでる　長谷川　光生（大阪市）

肩書きを並べ名刺に威張らせる　澤田　和重（岬　町）

四月の移動時期は肩書きを裏まで刷った名刺が挨拶がわりとやってくる。肩書きによってその人を評価する時代はまだつづく、これも格差社会か。

初恋の机並べた彼偲ぶ　仲谷　弘子（岸和田市）

終わる

（二〇〇六年七月七日掲載）

定年で終わる訳ではない勝負　川田　晋（羽曳野市）

今や高齢化社会、定年後に長い長い時が続く。まだ一花も二花も咲かせると力強い句だ。

ひたすらに終結を待つ拉致家族　喜多　幸子（堺　市）

いつまで続くぬかるみで、ご家族も高齢になっておられる。一刻も早い解決を待つのみだ。

イベントが終わり寂しいゴミの山　山本　宏至（八尾市）

市を挙げてのイベントが終わり関係者がほっとしたのもつかの間、大量のゴミの山困らされるね。

終わりまで聞けばなんでもない話　澤田　和重（岬　町）
あるある、もったいぶって話すのが好きな人。それも話術だから憎めない。

無事終えて神がほほ笑む手術台　野田　和美（大阪市）

最後まで素顔知らずに終わる仲　佐甲　昭二（高槻市）

終わる時忘れぬようにアリガトウ　高岡　健太（堺　市）
アリガトウを言ってサヨナラ出来る人が果たして何人か。

言訳をせずに終ってほしかった　眞本　尚保（茨木市）

病院のベッド知らずに終わりたい

駒井　かおる（川西市）

出る杭のままで終わった父の意地

上嶋　幸雀（池田市）

ポックリと百まで生きて終わりたい

伊之坂　登美（熊取町）

終わりまで言うと誰かに傷がつく

話半分で終わるのが話上手な人。調子に乗って墓穴を掘る人が多い。

藤井　正雄（茨木市）

免許更新いよいよ最後かもしれぬ

坂口　英雄（岸和田市）

仕組まれたファンド相場に終わり来る　稲原　治（岬　町）

苦も楽も笑って終わる私小説　山田　啓子（箕面市）

その時は恋が終わったとは知らず　魚田　裕之（枚方市）

自惚れのない人はない。お互いに振ったと思うのが楽。

小泉さん跡は知らんと言わないで　黒木　綾子（枚方市）

わざと負け深夜の将棋終わらせる　中嶋　隆男（橿原市）

効く

（二〇〇六年七月十四日掲載）

同じ苦に耐えた助言が効いてくる

人間川柳の心理描写が巧みで味わい深い。

廣海　佳代子（橿原市）

恨めしや有効期限切れた券

6月末で通用期限の切れた券に気付いて残念。

山本　和夫（堺　市）

酒粕と親の意見は後で効く

じんわりと効く酒粕と親を対照的にとらえて妙。

足立　多次郎（大阪市）

時効などなくしてしまえ罪と罰　横超　秀乗（貝塚市）

老い防ぐ薬にしたい赤を着る　越智　宰（茨木市）

老いは心から、赤を着るとまだ男だと錯覚するから妙。

家業継ぎ父の背中が効いてくる　佐治　斗舟（堺　市）

ストレスに良く効く母の笑い声　土居　和子（柏原市）

笑う門に福、母の笑い声は家の中を明るくする。

浮気した罪に時効は無いと妻　樫原　辰巳（大阪市）

百の説法よりも一喝良く効いた

和気 慶一（松原市）

美しいナースの言葉効いて寝る

藤友 敏之（枚方市）

ナースの言葉は、病人にとって天使の声。特に男にとって。

ひとり旅心の傷に効く薬

渡邊 数磨（貝塚市）

薬より熱燗が効く父の風邪

小倉 誠矣（西宮市）

これは実感句。効き過ぎると朝がつらい、ご用心。

根回しが効いてしゃんしゃん手を締める

笹倉 良一（奈良市）

薬より効くと遊びを奨められ　稲原　治（岬　町）

忠告がやっと効きだす三回忌　水野　黒兎（豊中市）

ひと言が効いて一緒になりました　古川　綾子（吹田市）

くすりより効く吉本で治す傷　岩屋　美明（吹田市）
心の傷ならバカバカしい。吉本も薬よりよっぽど効くかも。

バイアグラまむしも飲んで見たけれど　高岡　健太（堺　市）

見る

（二〇〇六年七月二十一日掲載）

見る目ある人に拾われ出世した　菊池　以莫（寝屋川市）

私が今日あるのは見出してくれたあの人のおかげですという思い。率直な詠法に人生観を感じる。

人間の表裏を見せる株のプロ　奥田　之宏（奈良市）

ホリエモン、村上の資産対策はすごかった。阪神が阪急に合併するのは笑えないよね。

善戦はしたけど見ての通りです　西澤　司郎（吹田市）

選手も監督もよくやってくれたのに勝てなかったゲームは口惜しい。ドイツのW杯を思い出す。

見る阿呆今年も行きます阿波踊り

那須　まさる（寝屋川市）

見るたびに感動新たイナバウア

吉岡　隆雄（西宮市）

目に浮かぶ万博で見た月の石

尾形　貞延（枚方市）

三十年以上前に見た月の石。今は月旅行へ億の金、隔世の感は否めない。

最後まで見よう見まねのわが人生

浅田　侑良（池田市）

結局は人生なんて模倣ばかり。その中に自分をどれだけ美しく見せるかだが。

何度見ても心に残る五山の火

松井　富美代（大東市）

目の鱗落ちて明日が見えてくる

山田　啓子（箕面市）

鏡見て自分の顔におはようさん

宝子　あい子（吹田市）

敬老パス見せて頭を下げ降りる

宮城　道直（大阪市）

感謝の念がなくなった人達、七十歳を過ぎると生きることに感謝せねば。

誕生日生命線をじっと見る

乾　みのり（伊丹市）

生まれた星が悪かったのか、生命・運命線に頼るのは定年までで後は神のめすまま。

見上げては犬飼い主に目で語り

上田　世津子（豊中市）

旅人の目で古里の山を見る
武内　美佐子（大東市）

運勢を見てから今日が動き出す
杉原　令子（枚方市）

１００点を取った時だけ見せに来る
畑中　順（岸和田市）

人生を甘く見るなと落とし穴
井上　克美（河内長野市）

着実に階段を上がるのもマンネリ、たまには飛びたいのは人情。

世間から遅れぬ為に見るニュース
江口　度（寝屋川市）

式

（二〇〇六年七月二十八日掲載）

式は質素旅行は派手にヨーロッパ　小角　武（八尾市）

結婚式はごく内輪だけだったが、新婚旅行はパリですかロンドンですか。たのしかったですね。

始球式上手下手にもドラマあり　高原　文子（富田林市）

記念ゲームの始球式に招いた人が投げたボールがよくなかったのですね。話題にはなりましたが。

美化されて似てない像の除幕式　谷口　東風（大東市）

著名の製作者なのに像の出来栄えはもう一つだったらしい。参席者の率直な想いが綴られている。

もったいないもったいないは日本式　伊之坂　登美（熊取町）

もったいないが死語になった日本。飽食の罪は五十年か百年後にきっとつけが来るのでは。

成人式父の盃確と受け　野田　和美（大阪市）

式辞にもこの場を借りる自己主張　井出　俊太郎（大阪狭山市）

公式でないから本音聞けました　木村　秀男（堺　市）

上役がいないと会議が盛り上がるのが常識。そして上役が頭を下げるも常識。

日の丸も君が代もないセレモニー　早泉　早人（吹田市）

成人式やっと息子と飲める酒

澤田　和重（岬　町）

式は明日丸暗記するごあいさつ

佐治　斗舟（堺　市）

入社式出世レースの始まる日

川田　晋（羽曳野市）

スタートラインは同じだが、駄馬でも学閥によってはディープインパクトに見えてくるから不思議。

告別式無神論者も手を合わせ

河原　信幸（大阪狭山市）

色々な宗派の送別に参列したが、要は心の問題。あの世から文句を言いに戻って来ることもあるまいし。

完工式に談合にない誇り

喜田　准一（和歌山市）

数式に弱いが家計には強い　吉井　テイ子（御所市）

門に旗今日の式日を知らぬ子ら　井出　敏（大阪狭山市）

席次にも式次第にもある不満　西野　賢司（大阪市）

背伸びして方程式が狂い出す　松本　あや子（大阪市）

方程式通りにいかないから面白い人生。落馬するのを笑った人が落馬。

方程式すらすら解いて孤独な子　立石　雄枝子（堺　市）

配る

（二〇〇六年八月四日掲載）

百歳の気配り誰にでも笑顔　　**澤田　和重**（岬　町）

周囲の人の心を和ませてくれる百歳の笑顔。ご本人は気配りのつもりが無くとも周りの人はホッと。

子に配る地図に矢印など入れぬ　　**胡内　敏雄**（奈良県王寺町）

近道への矢印など入っていない地図を配る親、安易な生き方をせぬようにと厳しかったね。

配色の妙のてんとう虫と虹　　**小舟　英孝**（加古川市）

自然界の不思議、神の存在を信じてしまう。てんとう虫の赤と黒、虹の七色に感じるものあり。

特ダネを配る号外でかい文字

岩崎　公成（大阪市）

配膳の音が気になる回復期

食欲が出て癒えて来たのが自分でもよくわかる。退院の間近も思わせる。

吉松　隆太郎（豊中市）

昇進の名刺は家族にも配る

うれしいことはやっぱり家族に一番に知らせるのが人情です。

藤井　正雄（茨木市）

蜜蜂が配ってくれる花の精

蜜蜂のおかげ花の精ともいえる蜜を頂ける幸せ。

水野　黒兎（豊中市）

平等に配ってくれる夢の苗

井本　健治（熊取町）

菜園の熟れた真夏をお裾分け

藤井　満洲夫（守口市）

釣天狗自慢を添えてアユ配る

谷川　勇治（豊中市）

気配りがよすぎる彼で疲れます

松村　由紀子（守口市）

はがき一枚山家へ配る玉の汗

尾形　貞延（枚方市）

また無配お預けを食う社の再起

笹倉　良一（奈良市）

登下校ＰＴＡが眼を配る
喜多　幸子（堺　市）
不幸な事件が続くので眼を配らねばー、そんな事件がなくなりますように。

配送へ駐車禁止の厳しい目
越智　宰（茨木市）
駐車禁止が厳しくなって辛い商売もあります。厳しい目も程々に。

タンス株配当ついて日の目見る
浅埜　輝男（豊中市）

公平に神の配った幸不幸
阪上　茂子（宝塚市）

気配りのよさが介護に引抜かれ
多胡　嘉昭（大阪市）

写す

（二〇〇六年八月十一日掲載）

被災地を写すカメラも身が凍る

藤井　正雄（茨木市）

震災、豪雨、津波と災害…。報道カメラマンの心情がよく描かれていて、つらい立場が解る

夢を追い奥の細道写しとる

水野　黒兎（豊中市）

松尾芭蕉の名作を書き写すという本がよく売れている。写すことで俳句の妙味がよく学べるのですね。

少しでも若く写ると赤を着る

伊之坂　登美（熊取町）

撮影に際してことさら赤い服を着ると老いの心情がよく判る。アルバムに貼って楽しい楽しい写真だ。

万馬券追いかけた手で写経する　井本　健治（熊取町）

写経終えふと空耳か母の声　西川　義明（八尾市）

訳あって写経無心の境になる　山田　啓子（箕面市）

藤山直美芸は親父に生き写し　澤田　美知子（池田市）
朝ドラの直美にふと寛美を思います。

撮るが先救助が先かカメラマン　浜田　節子（泉佐野市）

泰吉が写せば華になる大和

泰吉の世界、大和をよくもこれほどに写してくれました。

笹倉　良一（奈良市）

写しつつ従軍カメラマン戦死

横超　秀乗（貝塚市）

写したり写されたりの気まま旅

フルムーンでしょうか、旅も気ままにいい思い出にカメラは離せません。

別所　利夫（羽曳野市）

古都の顔水面に写す金閣寺

梅津　昭（高槻市）

一枚の写真が語る事件裏

平　紀美子（大阪市）

内視鏡心の痛み写したい

心の痛みが写って名医に治してもらえたらの願い。

松本　あや子（大阪市）

訳ありの罪な写真はセピア色

長崎　和子（大東市）

アルバムのどの写真にも物語

アルバムを見ていると、その時の光景、心の動きまで思い出されます。まさに物語りです。

坂　章美（大阪市）

似顔絵を描いたつもりが似てなくて

辻本　康榮（橿原市）

朝の詩写したノート六冊目

辻本　淳子（八尾市）

騒ぐ

（二〇〇六年八月十八日掲載）

老いの血が祭ばやしにまだ騒ぐ　宮田　一朗（摂津市）

祇園ばやしも天神祭のはやしにも心がおどる日本の老人たち。風土色強い長寿者のいきざまだ。

どうしても騒いで欲しく火をつける　横超　秀乗（貝塚市）

これほど強い人間性を表現した作品は騒ぎの題でも異色。川柳ならではの妙味と言えよう。

騒がせたくせに無罪を主張する　川田　晋（羽曳野市）

証券法違反行為で逮捕された男の裁判が始まる。判決までに長い日がかかろうが。有罪か無罪か。

走れ走れサラブレッドの血が騒ぐ
川上 智三（和歌山市）
サラブレッドは走るために生まれてきたのでしょうか。走れなくなったサラブレッドは安楽死。

胸騒ぎ覚えた朝に聞く訃報
越智 宰（茨木市）

靖国の騒ぎ英霊何思う
増田 隆昭（生駒市）
今は物言わぬ英霊。参拝もむなしい想いです。

騒ぐ子に外で遊べと言えぬ街
水野 博義（神戸市）

お騒がせと頭を下げて終らす気
那須 まさる（寝屋川市）

無事帰還騒ぐイラクで任務終え

真城　麻子（泉大津市）

生きるため波を立てたり騒いだり

舛田　治子（大阪市）

策もなくただ反対と騒ぐだけ

葛野　直子（池田市）

反対反対だけ叫んで、そしたらどうしたらという策を言わない。

大騒動娘が彼氏連れて来る

福田　敏雄（尼崎市）

参観日騒がしい親子があきれ

川口　純男（寝屋川市）

騒がれる内が花だと諭す老い　桜井　雄二（堺　市）

あの騒ぎ何だったのかW杯　田岡　九好（交野市）

騒いでも幕の降りない拉致家族　真野　稔（豊中市）

拉致家族の苦しい思いいつまで続くのでしょう。

救急車停って長屋騒がしい　高原　文子（富田林市）

近くに停った停ったとすっとんで行く下町。まだ人情が残っています。

振込め詐欺嘘と知りつつ胸騒ぎ　矢吹　恒（川西市）

老い

（二〇〇六年八月二十五日掲載）

何もかも老化ですねと若い医師　乾　あゆむ（八尾市）

脚腰の痛みに耐えかねて通院の日々。老化だと決めつけられとは侘びしいでしょうね。

還暦へ映画千円お楽しみ　栗山　美紀子（大阪市）

シニア割引を利用して映画館へ行くことが増えた。話題の作品は必ず見ることにして。

若死にの父母へ感謝の老いの日日　吉松　隆太郎（豊中市）

戦後のきびしい時代に生きた両親を想い、長寿高齢で元気な日常、情愛に溢れた句だ。

老いたから心美人となる私

乾　みのり（伊丹市）

老いてなお笑い袋が離せない

松本　あや子（大阪市）

老い見せぬ藤十郎の芸の冴え

歌舞伎役者は芸を磨いて老いる暇がない様です。

松井　富美代（大東市）

元気です今日も敬老パスがある

安田　幸雄（大阪市）

七十歳老いの準備と尊厳死

笹嶋　惠美（大阪市）

老いてなお挑戦という行動派

井端　幸子（守口市）

激動の昭和を生きた老いの自負

西川　義明（八尾市）

老いること待って下さい仕事中

仕事持つ人に老いはいりません。老いはもっともっと先でよい。実感句。

薮中　八重子（枚方市）

還暦も古希の祝いも拒む父

今を生きているので歳を認識する祝いは拒否。

田邊　浩三（八尾市）

強がりを言うては老いの孤独感

藤井　正雄（茨木市）

昔話忘れぬ老いの記憶力　辻部　さと子（大阪市）

老い上手でんぐり返る放浪記　中山　善満（四条畷市）

八十七歳長生き金で買えません　畑中　順（岸和田市）

長生きはほんとお金で買えるものではありません。

長老の知恵が会議のまとめ役　牧野　隆之（大和郡山市）

長老のいるいい会らしいですね。長い経験を生かしてのまとめしゃんしゃんと。

老いてなお公務精励両陛下　浜田　節子（泉佐野市）

高い

（二〇〇六年九月一日掲載）

高い理想に燃えてた苦学生の頃　立石　雄枝子（堺　市）

その道の頂点に立ちたいと若いときの理想は昭和、平成時代を経て果たされなくとも思い出はなつかしい。

鑑定士高値を付けて喜ばれ　横井　孝志（高槻市）

所持品の鑑定をうけ、評価に満足感の溢れた句だ。資産が増えて嬉しいですものね。

さすがですお目が高いと買わされる　武本　碧（和歌山市）

店主の言葉を口語体で綴ってぬくもりあり、いい値で買ったのですね。川柳妙味がしみる句だ。

高飛車に出ては拗れる話し合い
菊池　以莫（寝屋川市）

株高に釣られて買って墓穴掘る
早泉　早人（吹田市）

義理を欠き敷居だんだん高くなる
大堀　正明（大阪市）

義理高く交際をする心掛けが大切。

高々と竿灯上げる秋田っ子
尾崎　文男（高槻市）

高望み捨てた定年後の自適
藤井　満洲夫（守口市）

ひとときの豊かさ貰う高級車

澤田　和重（岬　町）

高級品を買うツアーには縁がない

武内　美佐子（大東市）

血圧が高くなります美辞麗句

松本　あや子（大阪市）

ハードルが高すぎ今だ独りもの

背のびはよいがほどほどに。

平　紀美子（大阪市）

志は高く清貧にして我行かん

嶋　喜八郎（箕面市）

お国自慢亡びた城は高かった

米田　いさを（枚方市）

作品の高い知性に魅せられる

宮田　一朗（摂津市）

自転車に乗り換えようか原油高

健康のために自転車に乗ろう。

胡内　敏雄（奈良県王寺町）

高架下お帰りと言う縄のれん

藤木　康司（大阪市）

最高の温度の都市で息をつく

黒木　綾子（枚方市）

前

（二〇〇六年九月八日掲載）

前歴はしゃべりたくない再生紙　佐甲　昭二（高槻市）

発想が実にユニーク。擬人法が巧みで、現代風刺の効いた一句である。

前例を知らぬ社員のヒット作　藤井　則彦（豊中市）

なまじ会社の前例など知らぬほうがいい。若いセンスで作り出した製品が売れ、株も上がる。

前を見て歩けと月が背なを押す　中野　ふづき（高石市）

落ち込んでとぼとぼ歩いていると、満月がくよくよするなと励ましてくれた。

駅前にイカ焼き匂う食のまち　駒井　かおる（川西市）

繁昌亭前座真打多士多彩　廣田　総（大阪市）

上々の寄席が出来て大阪でも評判ですね。

定年が目の前やがて使い捨て　胡内　敏雄（奈良県王寺町）

前倒しフル操業でサバイバル　大家　定（尼崎市）

前略の後が続かぬ依頼状　松井　富美代（大東市）

ご栄転前途に多難待ちうける　秦　昭治（高槻市）

前例がないとあっさり断わられ　武内　美佐子（大東市）

すぐ前をいつも横切る福の神　井本　健治（熊取町）

なかなか掴まらない福の神、待つのはしんどい。

打ち水のある家の前ほっとする　真城　麻子（泉大津市）

前置きが長く覚えてない祝辞　吉末　賢治（箕面市）

伴走の妻がいつしか前を行く　笹倉　良一（奈良市）

向い風耐える男の前かがみ　喜田　准一（和歌山市）

年金へ風は前から吹いてくる　辻部　さと子（大阪市）

前祝いした昇進がふいになる　國米　純忠（摂津市）

修業の身腕前上げて帰省する　尾崎　文男（高槻市）

腕

（二〇〇六年九月十六日掲載）

いい腕とおだてておいてこき使う　羽田野　洋介（堺　市）

人間川柳の妙味が口語体で鮮やかに描かれている。使われる人、使う人の気持ちが笑えないが。

片腕をもがれましたと読む弔辞　葛野　勝規（池田市）

代表で弔辞をよむ人のなげき、惜しい人を失った哀しみが巧みに口語体で詠まれている。

鉄腕のアトムいっぱい夢くれた　中村　真里子（伊丹市）

手塚治虫氏が描く人気者に家族たちが溺れた時代があったね。

定年で使わぬ腕が泣いている　安達　芳雄（枚方市）

鉄腕が早実百年夢つかむ　岡林　哲夫（松原市）

高校野球の試合、手に汗を握った投手。最後が楽しみですね。

腕自慢造る作品高価呼ぶ　藪内　俊彦（八尾市）

モナリザの優しい腕に抱かれたい　谷川　生枝（交野市）

退職となって寂しい辣腕家　奥　時雄（堺　市）

王手飛車まだ腕組みをしたまんま　加島　由一（堺　市）

リズミカル腕指使い手話の歌　浜田　節子（泉佐野市）

不自由の指腕使うことにはリハビリの効果の狙い。

この腕に妻と子五人ぶら下がる　永田　良子（堺　市）

献血のヤングの腕がたのもしい　山本　宏至（八尾市）

敏腕の刑事家では恐妻家　竹林　都紫子（大阪狭山市）

清張が腕を振るった点と線
鯉田　延子（交野市）

さあチャンス四番が腕の見せどころ
真城　利三郎（泉大津市）

いい腕の外科医に命救われる
吉松　隆太郎（豊中市）
評判の外科医の紹介で見事な癒しに感心しました。

指反って腕撓らせて風の盆
澤田　美知子（交野市）

アジア外交ここらが腕の見せどころ
乃一　武士（交野市）

割る

（二〇〇六年九月二十二日掲載）

額面割れ再起を期待してたのに　笹倉　良一（奈良市）

経営者の努力も空しく、不満の残る企業の在り方に、きびしい批判が率直に語られている。

部屋割りは麻雀組と鼾組　増田　隆昭（生駒市）

グループのツアーで宴のあと、雀牌を囲む組と、すぐに寝床につく組と楽しい一泊のスケッチだ。

割り切れぬ寛刑じっと聴く遺影　上嶋　幸雀（池田市）

裁判所の判決は意外と甘かったので、被害者の想いを込めての描き方、きびしい人間川柳の詠法だ。

くす玉を割ると拍手が風に乗る　辻部　さと子（大阪市）

割り箸の使い捨てやめ資源保護　今中　豊三郎（八尾市）

初恋にもう学割りの無い二人　豊田　辰男（豊中市）

もうふたりとも成人、このへんで学割もなくなる嬉しさ。

割れた壺に考古学者の目が光る　川人　濱子（宝塚市）

割り切って行く気になった新任地　中垣　徹（和歌山市）

割り切れぬ問題かかえ一つ屋根　観野　宏（大阪市）

変わりない今朝の幸せ卵割る　真城　麻子（泉大津市）

割り切ったつもりの恋に身を焦がす　伴　洋子（柏原市）

「焦がす」で句の品格があがりましたね。

割り勘と財布たしかめ北新地　乾　みのり（伊丹市）

竹割って干して寝かせて竹人形　米田　いさを（枚方市）

スイカ割り絵日記ひとつ出来上り
奥田　敏雄（大阪市）

電車待つ列に割込む無法者
池部　龍一（藤井寺市）

足して二で割って納める案を描く
喜田　准一（和歌山市）

負け力士土俵を割った跡を見る
西村　竹雄（堺　市）

三兄弟割当いつも大中小
中村　純子（柏原市）

印

（二〇〇六年九月二十九日掲載）

手に入れた古書に大きな蔵書印　　**樫原　辰巳**（大阪市）

古書店を探し回ってようやく買えた本。元の持主の蔵書印の立派さに満足したようすがうかがえる。

大切に亡き父しのぶ象牙印　　**佐治　斗舟**（堺　市）

尊敬してやまぬ父の遺品の象牙印はその家の宝でもあろう。彫師は誰だったのでしょう。

親王誕生暦につけた丸印し　　**桑田　しげる**（大阪市）

秋篠宮家に男子誕生、悠仁親王おめでとうございます。皇室に、国民に明るい日ですね。

十万の印紙張る手が震えます

平岡　義信（伊丹市）

印税もベストセラーがありてこそ

浅田　侑良（池田市）

ベストセラーが言えて妙。うまく掴まえている。

尊厳死署名捺印して置こう

仲谷　弘子（岸和田市）

満期きてほっとしている保証印

松尾　美智代（豊中市）

ルーブルで一際光る印象派

和気　慶一（松原市）

夏祭り印半纏誇らしげ　内田　睦治（八尾市）

田辺聖子のサインと印はわが宝　吉松　隆太郎（豊中市）

印押していのち預ける手術台　立石　雉枝子（堺　市）

おもいっきり元気印のみのもんた　梅津　昭（高槻市）

毎朝みのもんたの朝の時間帯、面白く世の中を見ているテレビ。

あれ以来二の足踏む保証印　野田　和美（大阪市）

印不用サインの国が羨ましい　小田原　令子（泉佐野市）

実印に鬼と仏が住んでいる　鈴木　信輔（天理市）

印税で暮らしてゆける作曲家　松村　由紀子（守口市）

印象に残るハンカチ品不足　藪内　俊彦（八尾市）

高校野球のあと青いハンカチが話題になっている。うまい見つけです。

御朱印はガイド任せの寺巡り　奥　時雄（堺　市）

運

（二〇〇六年十月六日掲載）

ひょっとしてそれは幸運かもしれぬ　井本　健治（熊取町）

朝からついてない。コーヒーはこぼす。電車に乗り遅れる。階段で転ぶ。逆転の発想は幸運の兆しかも。

運不運神は半分ずつくれる　松尾　美智代（豊中市）

どんな人にも幸運不運をバランスよく配ってくれる。それを信じて生きる望みを待ち続けよう。

事業運金運もあるニートの手　小舟　英孝（加古川市）

ニートの手相は何をしても成功する。事業を興して成功間違いなしと。これを機に仕事せよと言う。

国中に笑顔運んだコウノトリ

皇室に久しくなかった王子の誕生に国中の人々がこのことを喜んだ。

松村　由紀子（守口市）

ドラフトのくじにゆだねる運不運

特に高校生の球児にとって逆指名も出来ず、只々希望球団を祈るのみ。

任野　次郎（宝塚市）

神様のタクトで命拾いする

胡内　敏雄（奈良県王寺町）

松茸を買ったその日に義母が来る

めったに買うことのない松茸、なにかの記念日だったのでしょうね。なんと運の良いお義母さんでしょう。

鈴木　栄子（大阪市）

幸運は筋書き通り来てくれぬ

武内　美佐子（大東市）

逆風に負けるな運はすぐそこに

武本　碧（和歌山市）

双子でも同じ運命待ってない

吉松　隆太郎（豊中市）

一卵性双生児、他人からは見分けもつかぬ子にも全く別の人生が待っている。

幸運の女神の足は速すぎる

澤田　一男（池田市）

運勢のテレビ毎朝梯子する

藤井　道夫（泉大津市）

気付かない隙間に運が顔を出す

高岡　恭子（堺　市）

駅前でティッシュ貰っただけの運　増田　敏治（豊中市）

リストラを運の悪さと言い募る　安田　修二（大阪市）

怠慢の付けを不運の所為にする　駒井　かおる（川西市）

人は自分を過大評価したくなる。そして上司の良し悪しに運不運を募らせる。

窓際で運の向く日を待つ机　奥田　敏雄（大阪市）

曲がり角一つ違った運不運　羽田野　洋介（堺　市）

橋

（二〇〇六年十月十三日掲載）

平和だな秋が絵になる渡月橋

松本　あや子（大阪市）

京都嵐山の秋のムードを寫生帖にとらえる人の心情がよくわかる。嵯峨路の秋を楽しもうね。

飛行機と吊り橋が駄目怖がり屋

原　静子（河内長野市）

恐怖症のきつい女性の思いが、よく描かれている。ツアーに誘いにくいので友情が扱いにくい。

復員船桟橋に悲喜ものがたり

福田　敏雄（尼崎市）

終戦後に外地から帰国した人々を迎えた舞鶴港に思い出がある。橋の名の異色作だ。

悠仁さまお迎えします二重橋
谷川　勇治（豊中市）

テーマは橋。日本を象徴する二重橋、喜びを迎える二重橋を多数の中からこの一句に代表させてもらいました。

待ち合わせは好きな場所です淀屋橋
井端　幸子（守口市）

大橋を見上げてびっくり明石蛸
山本　和夫（堺　市）

世界一の吊り橋、工事中は工事でびっくりさせられた蛸、出来上がればその立派さにまたビックリ！

橋の上竿竿竿の天狗たち
村松　欣二（小浜市）

本四橋よっしゃよっしゃと橋三ツ
花本　逸子（羽曳野市）

人柱知らぬこの世の長柄橋　佐竹　喜游（守口市）

その昔造っては流された橋を造るのに人柱を立てたという、あちらこちらに残る話。

カメラ向け余部鉄橋の撮り納め　那須　直純（寝屋川市）

大学までの橋の架かった幼稚園　真野　総（豊中市）

豊かさの二極化、こういう私立の一貫校にはいじめもないと聞くウラヤマシイ！

人生は土橋石橋丸木橋　野田　和美（大阪市）

青春譜恋も別れもあった橋　山田　啓子（箕面市）

国際結婚異国に架ける人の橋　柿原　勢津子（高石市）

橋のない三途の川は渡れない　井出　敏（大阪狭山市）

老いの身に登山と思う歩道橋　笹倉　良一（奈良市）

車社会の現在、人より車がいばってる。そして高齢社会、この歩道橋を渡る辛さ。

青春の息吹がもどる河童橋　村上　比呂秋（枚方市）

ライオンに守られ名所なにわ橋　足立　多次郎（大阪市）

曇る

（二〇〇六年十月二十日掲載）

曇る胸伊勢に参拝晴れになる　　鈴木　信輔（天理市）

五十鈴川で手を洗い、お伊勢さんへお祈り。清々しい気分になれた日の人間性がよく詠われた。

白黒をつけず曇りの日もいいね　　久保田　京子（大和高田市）

ある問題についてはっきりと答えは出さずに過ごす。気分は晴れぬが、それも一法だろうね。

横並び顔曇らせてまた謝罪　　川田　晋（羽曳野市）

不祥事に社の幹部が謝罪する場面が増えるのは哀れだ。不快な事件の解明はうなずくが。

彼氏紹介見る見る曇る父の顔　村上　玄也（堺　市）

可愛い娘がどこの誰とも判らぬ男をいきなりつれてくる。喜んでいられるわけがない。

衣食住足りて心が曇り出し　上嶋　幸雀（池田市）

冥王星仲間外れで曇り顔　小野寺　梓（枚方市）

水金地火木土天海冥と覚えたものをなんでいまさら、冥王星ならずとも私も顔を曇らせる。

少子化が国の未来を曇らせる　多和田　幹生（東大阪市）

少子高齢化の日本、本当にこれからが心配です。政治家のみなさん福祉のことお願いします。

曇る世に悠仁親王出で給ふ　水野　博義（神戸市）

欲に目が曇る書斎で写経する　加島由一（堺　市）

不祥事の部下にわが眼の曇り知る　前田宏史（川西市）

新聞のニュースにお歴々が揃って顔を下げている。写真をよくみる上司の目の曇り。

談合のくもりガラスに笑い声　石川清一（堺　市）

ひと言で心の曇り消えるとさ　中原ヒロ子（大阪狭山市）

澄んだ眼を曇らせている親のエゴ　伴　洋子（柏原市）

負けた日はどの顔見ても晴れはない　脇田東作（枚方市）

このチームはきっと強くなる。負けて白い歯をみているようではダメだと思う。

ガン告知曇りガラスの中にいる　胡内敏雄（奈良県王寺町）

権力はとかく理性を曇らせる　澤田一男（池田市）

訃報聞き曇る気持を叱咤する　嶋　喜八郎（箕面市）

薄曇りにも程遠い我が家計　油谷新一（泉大津市）

走る

（二〇〇六年十月二十七日掲載）

多数派へ走る去就の勘が冴え

西野　賢司（大阪市）

どのグループに入れば良いのか、人生の将来を考えて。優れた感覚で道を選ぶ立場の人間性が鋭い。

昨日まで走り回っていた遺影

上嶋　幸雀（池田市）

親友の急逝に驚いた通夜の席の嘆きが伝わる句だ。これからの活躍を期待していたのに惜しいね。

走るのは遅いが市電見直され

吉岡　隆雄（西宮市）

路面電車の復活が都会の交通機関として注目されている。車の排気ガスに悩む声に対応。いい策だね。

主婦業に休日はない日日走る

辻部　さと子（大阪市）

最近の主婦はお元気です。亭主元気で留守が良いと自分の趣味にも元気に走りだす。

先走り偽もの買ってほぞをかむ

平岡　徹朗（尼崎市）

風の合図に私は走る坂の道

土居　和子（柏原市）

いつもビリだから嫌いな徒競走

冨内　茂（大阪市）

私もビリになりました。ビリが嫌いだから皆で一緒にゴールイン。これはやめた方が良いと思います。

プライドと欲を捨てると走りよい

立石　雉枝子（堺　市）

通勤時動く歩道を走り行く

藤井　勲（池田市）

集まれば打って走って草野球

松尾　美智代（豊中市）

今はサッカー熱も盛んですが、私の頃は焼け野原で三角ベースという野球をしました。

血走った目には自分が見えてない

吉松　隆太郎（豊中市）

禅譲を信じて使い走りする

奥　時雄（堺　市）

パラリンピックで世界中の障害者が身技体を競う。私もエールを送りました。

障害に負けず完走した義足

奥田　敏雄（大阪市）

寝坊して駅まで走るハイヒール　助川　和美（泉大津市）

俗論を切るペン先がよく走る　佐甲　昭二（高槻市）

伴走の妻がペースをつくる日日　藤井　則彦（豊中市）

昭和平成走り続けるグリコの灯　藤木　康司（大阪市）

不二家のペコちゃんが泣いております。グリコのランナーがよもやこけることはないと思うが、灯を消さないで欲しいものです。

酔えば尚走る凶器となる車　葉野　千代子（八尾市）

祝う

（二〇〇六年十一月十日掲載）

跡取りが出来た本家に駆け付ける

加島　由一（堺　市）

皇室の男児出産への祝賀ムードには及ばないが、庶民の中にもある祝いごとを巧みにまとめている。

祝袋へ名前連らねて義理果たす

鈴木　栄子（大阪市）

あんたも一緒にお祝いをしようと誘われて、仲間に入る女性らしい付き合いぶりが詠われている。

繁昌亭祝う三枝の目に涙

浅埜　輝男（豊中市）

キタの天満天神に生まれた落語寄席は、上方演芸を楽しむ人で好評。お詣りして噺しを聞いて。

叱咤激励恩師の祝辞身に滲みる　野田　まゆみ（大阪市）

いい事ばかり言う祝辞の中さすが恩師、少しは叱咤も入れてあるのも愛だろう。

この棚は祝返しの品ばかり　藤井　道夫（泉大津市）

プライドが祝儀袋を派手にする　井本　健治（熊取町）

婚礼の御祝儀全部旅に化け　山本　豊（堺　市）

いまどきのカップル旅は海外、しかも五つ星ホテルに泊まると決めている。

祝電の中に旧師の名を見つけ　安達　芳雄（枚方市）

合格へ父は一言ああそうか　瀬戸　かつみ（羽曳野市）

島中が揃って祝う嫁が来る　藤井　正雄（茨木市）

少子化の時代、あの家の長男にやっと嫁が来てくれる。赤ちゃんの誕生を島中が待ち望む。

祝い事続いて上る血糖値　増田　千江（豊中市）

ファックスにまたお祝いの要る知らせ　西野　賢司（大阪市）

結婚の祝電に元カレの名が　竹林　都紫子（大阪狭山市）

祝い事出費はすべて俺にくる　脇田　東作（吹田市）

百歳の祝いの席に子は傘寿　中野　ふづき（高石市）

長生きの家系、惚けもせず皆が健康で祝宴の席につく至福のとき。

三人目ほめてはり込む祝い金　佐治　斗舟（堺　市）

誰のためにやっているのか祝賀会　羽田野　洋介（堺　市）

万世一系親王祝う高野槇　柿原　勢津子（高石市）

悩み

（二〇〇六年十一月十七日掲載）

クラス会同じ悩みの輪ができる　中野　晶平（伊丹市）

同じ時代を生きぬいた学友が集っての話題に共通点が多い。愛情に資産に家庭に、多彩でな。

悩み無用広告はみな無責任　中村　純子（柏原市）

美容関係や髪の毛の悩みは無用とばかり、使用前と使用後の差が大きい広告があるが効用に個人差があるね。

ゼネレーションギャップ悩みがすれ違う　奥　時雄（堺　市）

いつの時代も世代間に格差がある。まして悩みの差は天と地ほどに開きがある。川柳らしい着目よし。

飛鳥美人かびに冒され悩んでる　喜多　幸子（堺　市）

高松塚のあの美しい壁画に黒カビが、日本の文化が泣いている。

諦めた途端に消えていた悩み　西澤　司郎（吹田市）

吹っ切れてみれば他愛もない悩み　増田　千江（豊中市）

何故あんな事で悩んでいたのかと、吹っ切れた後はおかしくなるほどだ。

羨んだ相手も持っていた悩み　木庭　トシエ（大阪市）

悩みなどなさそうに優雅に暮らしていたあの人も私以上の悩みを持っていたなんて……。

贅沢な悩み五社から内定書　笹倉　良一（奈良市）

森に立ち地球の悩み聞いている　早泉　早人（吹田市）

テロや飢餓青い地球の抱く悩み　藤井　満洲夫（守口市）

地球の悩みは年々大きくなる。いつまでこの美しいままで存在できるのか心配である。

悩んだらロダンの像を真似てみる　上嶋　幸雀（池田市）

この国の行く末だけが気にかかる　山口　隆司（東大阪市）

悩むこと無いと言われて尚悩む　坂　章美（大阪市）

美しい国へ山ほど有る悩み　和気慶一（松原市）

悩み事ペットにだけは打ち明ける　竹中準二（堺　市）

人に打ち明けたとたん情報がもれてしまう。ペットに打ち明けるのが無難である。

建替えの賛否に悩むニュータウン　真野稔（豊中市）

きっぱりと断り切れぬから悩む　鈴木栄子（大阪市）

打ち明ける相手を間違えた悩み　中垣徹（和歌山市）

古い

（二〇〇六年十一月二十四日掲載）

古文書読む民の苦しみ聞こえそう

池田　一男（大阪市）

浪速の町の庶民の生活の明暗が古文書に描かれている。武士と町人の生活の差がきつい時代だね。

鑑定を依頼している古い壺

真城　利三郎（泉大津市）

所蔵の骨董品の評価をうける人が鑑定家の意向を聞いている。借金に迫られているのかな。

古本を処分しに行き買って来る

久保田　京子（大和高田市）

古い本を抱えて売りに行った店で、好みの本を見つけて買って帰ったことがある。読書家の人間性だ。

お値打ちの骨董あると蔵の声　黒木　綾子（枚方市）

誰も見向きもしなかった壺。実は古伊万里の値打ちものであった。蔵から叫んでいる。

平成に昭和古いと笑われる　村上　ミツ子（八尾市）

昭和生まれを古いと言われるような時代になった。昭和は遠くなりにけり。

古いのか下手か横書き苦手です　春名　操（豊中市）

旧かなでてふてふと書く母が居る　辻部　さと子（大阪市）

水茎の跡の美しさ、旧かなの美しさ、てふてふが舞っているようだ。

履歴書も辞表も書いた古机　乾　みのり（伊丹市）

懐古談飛び交い宴盛り上がる

大堀　正明（大阪市）

漱石を古典だと言う若い人

栗山　美紀子（大阪市）

古代から未来見ている埴輪の目野田　まゆみ（大阪市）

何も言わない埴輪だが、あの目が未来までお見通しである。

ヒロシマを古い話にしてならぬ

立石　雉枝子（堺　市）

石垣が昔を語る古戦場

那須　直純（寝屋川市）

奈良町を新人類が闊歩する　坂　章美（大阪市）

趣のある奈良町を、ゆっくり鑑賞するでもなくハイヒールで闊歩するギャルの群れ。

ライン下り古城をしのぶ旅に酔う　別所　利夫（羽曳野市）

黙々と熊野古道を辿る旅　谷口　東風（大東市）

ケータイを持たず古いと嗤われる　川田　晋（羽曳野市）

スローライフ古いカメラを持ち歩く　河津　寅次郎（宝塚市）

新しい
（二〇〇六年十二月一日掲載）

新しい姓で初めて書く賀状　竹林 都紫子（大阪狭山市）

結婚式はこの春でしたか。嫁ぎ先の姓に変わっても明るく楽しいデザインの賀状でしょうね。

新任の上司の趣味を探り出す　中垣 徹（和歌山市）

新しい上役はゴルフ、音楽、文芸、将棋など、なにが好きかと気にする人情川柳が温もりだ。

一豊も老け新しい年近し　栗山 美紀子（大阪市）

ＮＨＫドラマ「功名が辻」も土佐城の千代も一豊も老けて終編が近い。一年間よく演じましたね。

ＦＡへ真価問われる新天地　　武内　美佐子（大東市）

松坂・井川と日本のプロ野球も、全世界に見せられる日本を示さねば。

新しい生命ふくらむマタニティー　　梅津　昭（高槻市）

赴任地で新酒ひと足早く飲む　　立石　雉枝子（堺　市）

赴任地のわびしさも酒好きな人には頼もしい地酒がある。

新戸籍息子夫婦の旅立つ日　　平　紀美子（京田辺市）

新しい自分さがしの旅に出る　　斎藤　美智子（豊中市）

新しい十二単衣のカレンダー　眞本　尚保（茨木市）

新年を迎えどんなカレンダーかと誰でも必ず見てしまう。

会話するギャルの新語が分からない　喜田　准一（和歌山市）

新しい鞄悲しい事故現場　和気　慶一（松原市）

新しい登山シューズが足を噛む　高岡　健太（堺　市）

念願の新居に故郷の母を呼ぶ　安田　修二（大阪市）

代替り老舗の和菓子新しい　乾　みのり（伊丹市）

過疎の村新しい医師神のよう　小林　潔（東大阪市）

医者不足は過疎の村では神さまより尊い。

靴よりも新車を磨くパラサイト　藤井　則彦（豊中市）

デジタル化した新商品がこなせない　山本　宏至（八尾市）

新しい部下は息子と同い年　頭本　信代（摂津市）

歴史

（二〇〇六年十二月八日掲載）

古都の歴史学びながらのウオーキング　輿石　直子（高槻市）

二月堂のお水取り、正倉院展、鹿の角切り、猿沢の池。奈良町を歩いてくたびれたでしょうね。

自分史に叙勲を書いて誇りもち　村松　欣二（小浜市）

功労に対し叙勲をうけて皇居で天皇陛下にもお目にかかれた。その誉れがいつまでも輝くね。

勝てば官軍悪も歴史に名を残す　澤田　一男（池田市）

ＮＨＫの大河ドラマにもよく用いられるストーリーは、悪者に支配される時もあり不快ですね。

日の丸の歴史に残るキノコ雲

森下 一知（羽曳野市）

ゲートルとモンペ歴史の一ページ

松本 あや子（大阪市）

都合よく御用学者の書く歴史

川田 晋（羽曳野市）

過去の歴史には必ず御用学者が現れる。戦後になってこんな学者も歴史に名をとどめる。

竹べらが有史以前の謎を解く

藤井 満洲夫（守口市）

ねつ造もあったが、竹べらではく考古学者がいとおしい。

ちちははの歴史知ってる古時計

井出 敏（大阪狭山市）

本棚に歴史書ばかりが幅きかす　別所　昭子（羽曳野市）

創業は天保どすねん軽く言う　藤井　勲（池田市）

軽く言う老舗にも堪えきれない苦労があったはず。先祖の頑張りと倒れないことを祈る

社の歴史知り尽くしてる御堂筋　山田　啓子（箕面市）

会社も百年たつとみんな古い会社になる。御堂筋に今も残る会社は立派なものだ。

戦争を避けて通れぬ歴史観　西澤　司郎（吹田市）

日本史を大河ドラマで合点する　仲谷　弘子（岸和田市）

明日香美人黴で歴史が消えていく　廣海　佳代子（橿原市）

D51の歴史を語るおじいちゃん　山田　紀代美（橿原市）

反省を込めて自分史書いてます　駒井　かおる（川西市）

久久の法事我が家の歴史聞く　片岡　悦雄（大阪市）
祖父の祖父までさかのぼると古い物は消えていく。せいぜいが四世代ということか。

自分史は賞罰なしで恙無い　中垣　徹（和歌山市）

怒る

（二〇〇六年十二月十五日掲載）

ついカッとなると飛び出る国訛り　**森下　一知**（羽曳野市）

耐えきれぬ怒りの発言が意外なお国訛りに関係者もびっくり。河内弁でペラペラですか。

紋切型の謝罪に怒る気もしない　**辻部　さと子**（大阪市）

深々と頭を下げて謝罪している責任者だが、ありきたりの動作に腹が立つ。女性の心情ですね。

対応が遅いと怒る被災地が　**小野寺　梓**（枚方市）

災害に泣く人達へ当局の対応がいつも遅いとなげきと怒りを捕らえた世相川柳。よくまとまっている。

怒る時急に出てくる国訛　鈴木　栄子（大阪市）

外国語も本気で怒れたらぼつぼつ上達の域。お国訛りで楽しく飲みたいもの。

退社時に昼間怒った部下誘う　藤井　正雄（茨木市）

四期分怒り抑えて払い込む　脇田　東作（枚方市）

遺言に喜怒哀楽をさらけ出す　井出　俊太郎（大阪狭山市）

遺言も信託になり商売になってきた。死ぬのだからせいぜい言いたいことは言っておく。

怒るなよ妬くほどもてたわけじゃなし　坂　裕之（大阪市）

ごめんねの心が見えて怒れない　真野　稔（豊中市）

裏切りの怒り歯ぎしりして耐える　尾形　貞延（枚方市）

督促の手紙が鬼の顔で来る　笹倉　良一（奈良市）

滞納するとさっそく利息を付けて督促状が着く。悪い奴はうまく逃げて、督促は来ない。

怒らせるつもりかその手には乗らぬ　越智　宰（茨木市）

なさけないニュースに怒りテレビ消す　佐治　斗舟（堺　市）

煽てれば天狗怒れば貝になる

小舟 英孝（加古川市）

逃げ道を残し怒ってくれた父

水野 黒兎（豊中市）

逃げ道なしに押し込まれるとネズミも猫になる。やはり逃げ道は小さくても開けておくことだ。

怒ったらあかんいいとこたんとある

井本 健治（熊取町）

被害者より加害者保護という怒り

花田 サヨ子（生駒市）

やっと被害者保護の法律も出来た。いままで被害者は人権も忘れられていた。

見出し読むだけでカッカとさせられる

西澤 司郎（吹田市）

戦い

（二〇〇六年十二月二十二日掲載）

戦友が来た日の父は上機嫌　喜田　准一（和歌山市）

長寿国日本に生きて戦歴を持つ人が多いです。戦友と語り合える日の老人たちは楽しそうだね。

善戦を称えて惜しむ負け試合　樫原　辰巳（大阪市）

野球にサッカーに今年もいいゲームが見られた。接戦の末の負け組の想いがよくとらえてある。

スクリーンの硫黄の兵に涙する　猪木　武久（葛城市）

硫黄島で日米軍が戦った映画がヒットしている。今年は多くの秀句が選べて楽しかった。来年も佳い作品をお寄せ下さい。

戦列を離れて影が薄くなり

中垣　徹（和歌山市）

偏差値と戦っている塾かばん

藤井　正雄（茨木市）

忍び寄る老と戦う医者巡り

坂本　耕一（茨木市）

誰しも医者の世話にならぬ人はいない。真剣勝負で老いと戦う。

労使とも戦い方を忘れそう

藤井　道夫（泉大津市）

労使協調そんな言葉が囁かれる労組旗もハチ巻き皆忘れた若い社員ばかり。

引分けて敗戦よりも倍疲れ

鈴木　栄子（大阪市）

年金でつながる戦死の父と子が

前田　宏史（川西市）

頑張ってやイジメ戦争に負けるなよ

永田　照三郎（大阪市）

名将は戦わずして世を治め

池部　龍一（藤井寺市）

戦争しても相手をうち破るだけが大将とは言えぬ。頭を使い犠牲の出ない方法を考えるのも名将。

血糖値死ぬまで続く戦いぞ

山本　宏至（八尾市）

本人しか解らぬ血糖値との戦い、結局は自分のことは自分で越えるしかない。

塾通い自己と戦う子等強し

高砂　八重子（大阪市）

善戦をしてもやっぱり負けは負け

羽田野　洋介（堺　市）

子育ての戦い終わり孫四人

新川　節子（富田林市）

受験シーズン戦いすんで顔ゆるむ

中原　ヒロ子（大阪狭山市）

あわてるな敗者復活戦がある

西野　豊光（大阪市）

パリーグにならいセリーグも優勝はすんなり決まらない。敗けても次があるのはほんとうにいいことか。

一球で敗戦投手しゃがみこむ

栗山　美紀子（大阪市）

大阪川柳

大阪川柳の会（大阪川柳）のこと

大阪川柳の会は産経新聞社の後援で偶数月に大阪駅前の第二ビル5階第一研修室で開催し（以前はサンケイビル）毎回約百二十名の出席と二十名ほどの投句者、計百四十名ほどの参加で行われ、平成十九年六月で一〇〇回の開催になる。

近畿地区の柳人と全国からの投句者によって構成され、選者は川柳団体から選ばれた一流の選者があたり、川柳界では高い評価を得ている。

秀句には産経新聞社から賞状が贈られ、披講の前に産経新聞社に時局についてお話をお願いしている。

狙う

（平成十八年二月）

選者　板野　美子

リストラは蛇で蛙は社員たち　藤井　正雄（茨木市）

この考えは蛇が会社で蛙が社員ということになるが、それでどっちが得か、勿論のみこんだ蛇の方だが、これでは会社も好転はしない。リストラの非情なやり方を例えたのであろう。

狙いたい男が減ってくる日本　片山　忠（西宮市）

春を撃つ弾丸ひとつかみポケットに　前田　咲二（寝屋川市）

一瞬を狙うカメラはけものです　鈴木　栄子（大阪市）

わたくしを狙わないなら殺そうか　萩原　五月子（大阪市）

せめて

（平成十八年二月）

選者　前田　咲二

あと五センチ背が高ければ星になる　岡　良三（枚方市）

大相撲の新弟子検査で身の丈が足らずコブを作ってパスしたという例を聞いたことがある。せめてもう少しという寸足らずの星（相撲）の世界を詠んでユーモアがある句。

せめて歳だけでも父に勝ってやる　上嶋　幸雀（池田市）

おいしいかまずいかぐらい言いなさい　堀　正和（三田市）

乱さずにおくれ愛しき日本語　内藤　光枝（大阪市）

美しい顔が取り柄というせめて　森口　美羽（和歌山市）

ときめき

（平成十八年二月）

選者　長浜　美籠

君のいる方から春の風が来る　北野　哲男（三田市）

春の風だからめでたい恋の風だろう。春は恋がめばえるとき、うまく結ばれれば、めでたしめでたしだが。

でんぐり返る度にときめく森光子　前　たもつ（大阪市）

知られたくないときめきを持っている　有田　晴子（吹田市）

ときめきを冷凍保存して独り　岩田　明子（堺　市）

ときめきもやがて欠伸の差し向かい　藤井　則彦（豊中市）

節目

（平成十八年二月）

選者　礒野　いさむ

自費出版何と爽やかな節目　上野　多恵子（芦屋市）

大それたものでなく、自分の過去を一冊の本として出版することは費用もかかるが、ほっとした節目が爽やかなものだ。

百年の節目に水府甦る　本田　智彦（大阪市）

襲名に芸の節目をにじませる　萩原　三四郎（奈良市）

節目だろう反対色がよく見える　菅野　泰行（神戸市）

人生の節目黙って賽をふる　吉田　わたる（箕面市）

迷う

（平成十八年四月）

選者　恩塚　治子

火の橋を渡れば迷いなど消える　辻　翠子（和歌山市）

人生には楽な橋ばかりでなく危険を伴う橋もある。渡り切るとなんということはない。

思春期の森で迷っている娘　岡本　絹歌（富田林市）

迷うたらずばり直球投げてみる　竹森　雀舎（吹田市）

原点に戻ると迷い消えていた　山本　芳男（神戸市）

愛されて迷う愛してなお迷う　浅雛　美智子（芦屋市）

新人

（平成十八年四月）

選者　濱田　良知

くちばしに卵の殻がまだ残る　菱木　誠（王子町）

新人はひよこに例えられる。ひよこのくちばしに卵の殻がついている。真新しさを共感を呼ぶ句だ。

新弟子に先ずあいさつを叩き込む　坊農　柳弘（大和郡山市）

新人のくせに五時からだけ元気　谷口　東風（大東市）

マリオネットの様な新人手が掛かる　山路　節子（神戸市）

駄馬駿馬横一線を待つ門出　吉村　雅文（寝屋川市）

声

（平成十八年四月）

選者　村上 玄也

民宿の皿に訛が盛ってある　今田 和宏（神戸市）

東北弁の訛は何度聞いても判らない。おそらく山菜が皿に盛ってあったのだろう。民宿の温みが出ている。

ソプラノで妻が呼んでる何かある　川端 六点（藤井寺市）

同意書の裏がしゃあない言うている　西 美和子（門真市）

雑音の中から神の声拾う　松本 信子（吹田市）

耳元で囁き骨を抜いている　谷垣 郁郎（長岡京市）

増える

（平成十八年四月）

選者　田中　新一

片言がふえて笑いの渦の中　小山　紀乃（西宮市）

赤ちゃんの成長は一歳で立ち、しばらくして片言を言うようになる。その片言が正常になるとうるさくなる。

走らないペン吸殻が山となる　油谷　克己（大阪市）

同居して嫁に言いたいことが増え　谷川　ユミ子（大阪市）

独り言増えると老いが加速する　坂本　和樹（富田林市）

働ける体に暇が増えてくる　森田　和夫（天理市）

広い

（平成十八年六月）

選者　田中　節子

広い道だからゆっくりガムを噛む　江見　見清（豊中市）

広い道とガムとの組み合わせ、広いとゆっくりとを比喩的にうまく詠んでいる。

広く豊かな母の乳房よ止り木よ　中井　大八（伊丹市）

母さんの胸に涙を捨てに行く　伴　洋子（柏原市）

逢いたくて逢うツバ広の夏帽子　赤井　花城（神戸市）

海の皮めくると裏に空がある　有田　一央（吹田市）

針

（平成十八年六月）

選者　玉利　三重子

待針を打ち心にも句読点
松本　あや子（大阪市）

裁縫で布を狂わないように合わせとめる針、人の心も一服させる句読点が必要。

軟らかな針で傷口つつかれる
田中　節子（神戸市）

その先を読んで躾したふくみ針
松原　寿子（和歌山市）

針山に亡母の匂いが残ってる
石森　利昭（守口市）

いつの日も磁石の針は君を指す
藤井　満洲夫（守口市）

鼓動

（平成十八年六月）

選者　松原　寿子

医者として美女の鼓動を聴いている　岡　良三（枚方市）

心臓のふるえる音を聴診器で診断する。これは初歩的な医者の器具、今では心電図が心臓の動きを捉える。女性患者だから少し丁寧に聴いているのかも。

相席の鼓動よ愛の至近距離　石丸　たか（津　市）

古代史の鼓動を今にキトラ展　久米　穂酒（箕面市）

美しい鼓動だきっと愛だろう　和気　慶一（松原市）

プロポーズ今かいまかと待つ鼓動　上嶋　幸雀（池田市）

変わる

（平成十八年六月）

選者　礒野　いさむ

地震から考え変えて生きている　古沢　和彦（豊中市）

阪神淡路大地震、いろんな角度で反省させられる。家具倒れの防止策。非常食、電灯、ラジオなど改めて災害対策の重要性を考えさせられた。

価値観の壁少子化へ無力すぎ　田制　圀彦（野田市）

変動も自己責任で買った株　西内　朋月（川西市）

叱られてからお師匠が好きになる　与三野　保（吹田市）

日替わりのヒーロー首位を突っ走る　大堀　正明（大阪市）

嘘

（平成十八年八月）

選者　小山　紀乃

真っ白になるまで嘘をかきまぜる　渡辺　信也（神戸市）

話をかきまぜるというのはあるが、その話が嘘だから、真っ白になるまで時間がかかるだろう。嘘かほんとかオレオレ詐欺に注意。

大ジョッキ上手に嘘をつかす泡　赤木　紅山（尼崎市）

嘘を見た目を透き通るまで洗う　笹倉　良一（奈良市）

喉元に嘘千本が突きささる　大森　一甲（神戸市）

走りすぎた嘘はなかなか止まらない　川原　章久（大阪市）

不思議

（平成十八年八月）

選者　赤松　ますみ

何気ない瞬間恋におちている　杉本　克子（神戸市）

ひとめ惚れという恋の瞬間。プラスとマイナスが接近、その後急速に恋が発展するかどうか、神のみぞ知る。

月あかりみんな美人にしてくれる　大橋　鍾造（富田林市）

懐が淋しくなると知恵が出る　北野　哲男（三田市）

ミサイルを飛ばして飢える国がある　中田　たつお（堺　市）

アメリカを一番信じている不思議　黒沢　つとむ（大阪市）

よっぽど

（平成十八年八月）

選者　米田　恭昌

悪女が泣いたよっぽどのことあったらし　住田　英比古（交野市）

性格のよくない女、心の醜い女、いくら悪女と言われても感情の動物だから泣くこともある。それがよっぽどの事かどうか。

酒やめるぐらいなら死んだ方がまし　吉川　卓（生駒市）

けちな人がよっぽど貯めている噂　柴本　太郎（大阪市）

よっぽどの旨い話は乗らぬ主義　森　廣子（大阪市）

あの母が拳をあげた日の懺悔　岩津　洋子（豊中市）

スムーズ

（平成十八年八月）

選者　礒野　いさむ

淀みなく寿限無寿限無がまだ言える　山田　順啓（奈良市）

早口ことばとか、落語にジュゲムジュゲム…と長い名前が出てくる。これをスムーズに言えないと話にならない。

考えぬいた辞表すんなり受理される　武内　美佐子（大東市）

スムーズに君のくちびる奪いたい　古今堂　蕉子（大阪市）

七合目まではスムーズだったのに　岩佐　ダン吉（岸和田市）

スムーズに極楽行きと寺へ寄付　西川　義明（八尾市）

手玉

（平成十八年十月）

選者　上原　翔

お手玉の中味は美しい日本　吉田　わたる（箕面市）

昔は子どもの遊戯として親子または子ども同士でお手玉をしたものだ。その中味は小豆などが入っていた。小豆でなくこの句は心だろう。美しい日本、そして親子の絆を保ってもらいたい。

酒呑みの夫手玉にとりやすい　古今堂　蕉子（大阪市）

勝算があって相手に花もたせ　佐々木　弘子（吹田市）

業績を手玉に取っている為替　片山　忠（西宮市）

片言の手玉大人を煙に巻く　辻部　さと子（大阪市）

包む

（平成十八年十月）

選者　住田　英比古

大切に包む発酵中の恋　　菱木　誠（王子町）

発酵中の恋だから次第に実ってゆくのだろう。それを大事に包み込む、初恋の心境か。

母さんのまるごと包み込む笑顔　　鈴木　栄子（大阪市）

風呂敷に包むわたしのこころざし　　前川　千津子（神戸市）

夢包み老後の話などいかが　　濱田　良知（枚方市）

まごころを包むしわだらけの両手　　奥田　みつ子（西宮市）

熱

（平成十八年十月）

選者　西口　いわゑ

大好きなひとが棲んでる熱い胸　大内　朝子（香芝市）

熱烈な恋、いつまで自分の胸の中に棲んでいるのか誰も予測できない。熱が冷めたり、醒ましたりするのが人生だ。

ライバルの熱き記憶とハンカチと　竹内　功（今治市）

後編にまだまだ熱を貯めている　山本　義子（西宮市）

熱気球なんだお墓のＰＲ　田頭　良子（大阪市）

時々はロボットだって熱を出す　堀　正和（三田市）

動機

（平成十八年十月）

選者　礒野　いさむ

達筆に惚れこの人と決めました　森田　律子（長岡京市）

達筆な人は得をする。ほれぼれとしてくる。小さいときの習い事がその一歩か。

動機など知られないよう蓋をする　田中　節子（神戸市）

動機どうあれ核実験は許せない　海老池　洋（枚方市）

動機不純してはならない事をする　安井　英華（天理市）

なぞり書きがもとで芭蕉の跡を訪う　村上　氷筆（神戸市）

高い

（平成十八年十二月）

選者 天根 夢草

どなたにも五重の塔の法隆寺　武智 三成（大阪市）

法隆寺は平成五年に世界遺産に登録された。６０７年聖徳太子の開基創建、６７０年に焼失、１９４９年金堂の壁画火災などがあったが、今では完全に復元し、飛鳥様式の金堂、五重塔の美容を放ち、観光客は年中絶えることはない。

崇高い男を捨てる場所がない　両澤 行兵衛（池田市）

高い買物して満足のパスポート　礒野 いさむ（枚方市）

一番高い父さんの肩車　寺川 弘一（枚方市）

蛙の子そんなに高く跳べません　越智 宰（茨木市）

大根

（平成十八年十二月）

選者　森中　惠美子

母は元気で切干し大根が煮える　上野　多惠子（芦屋市）

秋から冬にとった大根を細かく切って乾燥し、水に戻して煮物などにする。今ではスーパーにも切干したのを売っているが、昔は農家で保存食として軒先に吊していた。今でも残っている風景を見ることがある。

大根の白さも守れない政治　前　たもつ（大阪市）

面取りをされて女になるだいこ　三村　舞（茨木市）

ブリ大根にたっぷりしみている命　吉田　わたる（箕面市）

大根とごぼう夫婦でございます　八田　灯子（大東市）

見てる

（平成十八年十二月）

選者　河内　天笑

最初からずっとあなたを見てました　山田　啓子（箕面市）

本人は見られているのを気がつかない。探偵もどきではないが、主人の行動を妻が見ているとしたら只事ではない。

見てるから渋々拾う犬の糞　津守　なぎさ（大阪市）

逢い引きを監視カメラに見守られ　本田　律子（西宮市）

えげつない利息神さま見てはるで　碓氷　祥昭（枚方市）

果たせなかった夢見てるのか認知症　羽森　千恵子（大阪市）

取引

（平成十八年十二月）

選者　礒野　いさむ

北浜の手ぶり身ぶりを恋しがり　河内　天笑（堺　市）

株の取引が電子化されて久しい。以前は立会人がいて互いに指先で銘柄や価格の情報伝達を行っていた。人と人とのつながりがなくなり、活きた取引が消えて寂しい気もする。

魂は渡さぬいくら積まれても　嶋澤　喜八郎（交野市）

良くなった取引銀行の粗品　足立　淑子（枚方市）

儲けようと株取引に腕まくり　七反田　順子（西脇市）

生きるため他人の臓器でももらう　天根　夢草（茨木市）

おわりに

おおさか川柳（産経新聞連載）・大阪川柳の会の句会で入選した句を全部載せるとなると相当量のものになるので紙数の都合で多くを割愛しました。

出版の企画が、昨年礒野いさむ番傘主幹と浪速社で話し合いがすすみ、そして産経新聞社のご同意を頂き、またそれは大阪川柳の会第百回（19年6月1日）記念も併せることになりました。

たまたま2007年は川柳発祥250年の節目の年として「おおさか川柳」を出版できたことは、記念すべき川柳の本として、その意義があると思います。

こんごも産経新聞連載の「おおさか川柳」並びに「大阪川柳の会」をご支援くださるようお願いします。

最後に出版印刷に際しては、編集を応援して頂いたメンバー並びに浪速社のご協力を感謝します。

本田智彦

〔出版協力者〕

総編纂　磯野　いさむ

編　集　足立淑子

碓氷祥昭

岡　良三

坂本和樹

竹森雀舎

内藤光枝

濱田良知

藤井満洲夫

吉村雅文

本田智彦

安井英華

（順不同）

■「題」一覧■

〔あ〕青い、浅い、新しい、油、怒る、犬、祝う、歌、嘘、美しい、写す、腕、産む、運、老い、男、終わる

〔か〕株式、紙、変わる、効く、薬、配る、曇る、声、鼓動、券

〔さ〕騒ぐ、式、白い、印、新人、スムーズ、せめて

〔た〕大根、高い、動機、ときめき、戦い、使う、包む、手玉、出る、泊まる、取引

〔な〕長い、並ぶ、悩み、熱、狙う、飲む、乗る

〔は〕橋、走る、針、晴れ、広い、増える、不思議、節目、古い

〔ま〕前、迷う、水、南、見てる、見る

〔や〕役、よっぽど

〔ら〕歴史

〔わ〕割る

■掲載者一覧

〔あ〕

あまのとーな
足立多次郎
足立淑子
安達芳雄
浅埜輝男
浅田隆山
浅田侑良
浅雛美智子
赤井花城
赤木紅山
油谷克己
有田一央
有田晴子
天根夢草
岩崎公成
岩佐ダン吉
岩津洋子
岩田明子
岩屋美明
石塚常利
石川清一
石丸たか
石森利昭
稲原治

井端幸子
井上克美
井上桂作
井本健治
井出敏
井出俊太郎
伊之坂登美
池田一男
池部龍一
飯島脩子
伊東正晴
伊東良雄
猪木惣市
生田裕子
乾みのり
乾あゆむ
今中豊三郎
礒野いさむ
今田和宏
梅津昭
裏野忠夫
上嶋幸雀
上田世津子
上野多恵子
魚田裕之
内田睦治

碓氷祥昭
江口節信
江口度
江見見清
海老池洋
越智宰
大堀正明
大谷君子
大家定
大隈克博
大西健二
大森一甲
大橋鐘造
大内朝子
小倉誠矣
小田原令子
奥時雄
奥村五月
奥田之宏
奥田敏雄
奥田みつ子
沖津キミ子
沖原光彦
尾崎文男
尾形貞延
岡林哲夫

小野寺梓
岡本絹歌
岡良三

〔か〕

川原章久
川上智三
川田晋
川端六点
川端啓子
川畑忠
川人濱子
川口純男
河合陽子
河原信幸
河津寅次郎
河村高秀
河戸しげる
笠嶋恵美
片岡悦雄
片山忠
樫原辰巳
樫原房枝
柏原邦夫
加島由一
勝山ちゑ子

垣内スミ子
柿原勢津子
河内天笑
喜多幸子
喜田准一
岸本博子
木村サナエ
木村秀男
木庭トシエ
菊池以莫
北野哲男
桑原三和子
桑田しげる
黒木綾子
久保田益祥
久保田京子
葛野直子
葛野勝規
窪　順三
栗山美紀子
久米穂酒
黒沢つとむ
輿石直子
小山紀乃
小舟英孝
小霜真弓
小角とよ子
小角武
小村陸奥美
小曾根義生
小林潔
小島知無庵
児玉敏明
駒井かおる
金銅政芳
胡内敏雄
鯉田秀紀
鯉田延子
国米純忠
古今堂薫子

〔さ〕

澤田美知子
澤田秀男
澤田和重
澤田一男
桜井雄二
佐甲昭二
佐治斗舟
佐竹喜游
佐々木弘子
酒　微酔
坂　裕之
坂　章美
坂田俊江
坂口英雄
坂口貞夫
坂本耕一
阪上茂子
坂本和樹
笹倉良一
斎藤美智子
境　益也
柴本太郎
嶋澤喜八郎
塩田　馨
新川節子
嶋　喜八郎
鈴木栄子
鈴木信輔
助川和美
住野次郎
杉原令子
砂川信子
菅野泰行
杉本克子
住田英比古
瀬戸かつみ
銭谷照子

〔た〕

田邊浩三
田岡九好
田頭良子
田制圀彦
田中節子
田中公江
立石雉枝子
高岡健太
高岡恭子
高原文子
高島重数
高砂八重子
武内美佐子
武内結子
竹林都紫子
竹森雀舎
竹内　功
竹中準二
谷　武彦
谷川勇治
谷川生枝
谷川ユミ子
谷垣郁郎

谷口 東風
宝子 あい子
多和田 幹生
多胡 嘉昭
平 紀美子
武本 碧
武智 三成
俵本 政文
棚池 一雄
棚原 修
辻部 さと子
辻本 淳子
辻井 博明
辻本 康榮
辻 翠子
津森 なぎさ
鉄村 冨貴子
寺川 弘一
土居 和子
土佐 邦一
冨内 茂
頭本 信代
豊田 辰男

〔な〕

中村 純子
中村 真里子
中島 志洋
中島 正次
中嶋 隆男
中原 ヒロ子
中野 ミヨ子
中野 ふづき
中野 晶平
中山 善満
中垣 徹
中田 たつお
中井 大八
仲垣 千世
仲谷 弘子
那須 まさる
那須 直純
長崎 和子
永田 良子
永田 照三郎
南條 琴江
内藤 光枝
七反田 順子
西澤 司郎
西野 静子
西野 豊光
西野 賢司
西村 竹雄
西村 良三
西久保 佳史
西川 義明
西 美和子
西内 朋月
野田 まゆみ
野田 和美
野村 啓亮
乃一 武士

〔は〕

伴 洋子
羽田野 洋介
秦 昭治
原 静子
原田 トミ子
葉野 千代子
長谷川 光生
畑中 順
早泉 早人
花田 サヨ子
花本 逸子
浜田 節子
春名 操
萩原 五月子
萩原 三四郎
八田 灯子
濱田 良知
羽森 千恵子
廣海 佳代子
廣畑 茂雄
広田 稔
平岡 俊恵
平岡 義信
平岡 徹朗
平位 隆二
菱木 誠
藤井 満洲夫
藤井 道夫
藤井 則彦
藤井 正雄
藤井 勲
藤木 孝子
藤木 康司
藤原 喜美子
藤友 敏之
古川 綾子
古沢 和彦
福田 敏雄
別所 利夫
別所 昭子

堀　満寿美
堀　正和
坊農　柳弘
本田　智彦
本田　律子

〔ま〕

前　たもつ
前田　宏史
前田　征子
前田　咲二
前川　千津子
舛田　幸雄
舛田　治子
増田　敏治
増田　隆昭
増田　千江
牧野　隆之
的形　保
松井　富美代
松尾　美智代
松本　あや子
松本　信子
松原　寿子
松村　由紀子
真野　稔
真城　麻子
真城　利三郎
真本　嘉代子
眞本　尚保
宮田　一朗
宮城　道直
観野　宏
水野　博義
水野　黒兎
三村　舞
村上　比呂秋
村上　ミツ子
村上　玄也
村上　氷筆
村山　美津子
村川　登美子
村松　欣二
森　良一
森　廣子
森下　一知
森口　美羽
森田　律子
森田　和夫
両澤　行兵衛

〔や〕

山田　啓子
山田　紀代美
山田　恭子
山本　宏至
山本　和夫
山本　豊
山裾　嘉寿子
山中　常春
山口　隆司
安田　初枝
安田　幸雄
安田　修二
八十田　洞庵
八木　弘子
薮内　俊彦
薮中　八重子
矢吹　恒
安井　英華
山本　芳男
山路　節子
山田　順啓
山本　義子
柚田　重代
油谷　新一

〔ら〕

吉松　隆太郎
吉井　テイ子
吉末　賢治
吉本　司
吉川　勇
吉岡　隆雄
横田　清美
横井　孝志
横超　秀乗
米田　いさを
与三野　保
吉川　卓
吉村　雅文
吉田　わたる

〔わ〕

和気　慶一
脇田　東作
渡邊　数磨
渡辺　信也

（順不同）

ご投稿をお待ちしております！

産経新聞連載

おおさか川柳

■掲　載　毎週火曜日〈夕刊〉「おおさか川柳」。

■投句方法　ハガキに１人２句まで
住所、氏名、年齢、電話番号を明記下さい。

■宛　先　〒556-8661
大阪市浪速区湊町２-１-５７
産経新聞編集管理部
「おおさか川柳」係へ

■題・投句締切　毎週火曜日「おおさか川柳」欄に掲載。

■選・評　毎週、投句の中から選者　礒野いさむ先生が秀句３句に寸評と入選47句を選び掲載。

ご参加をお待ちしております！

大阪川柳の会
（産経新聞社後援）

■会　場　大阪市北区梅田（大阪駅前第二ビル５階）
大阪市立総合生涯学習センター（第１研修室）
■句会月　偶数月（初旬）
■お　話　産経新聞開発(株)
■選　者　近畿地区川柳結社から
■宿　題　題４つに対し各題２句出し
■出句締切　当日　１８時
■会　費　１，０００円（当日）
■発　表　入選句は当日、会場で披講。当会会員「会報」に掲載。次回の題４つを紹介。
■　賞　　各題、秀句に産経新聞社より賞状。
（欠席投句は会員のみ）

【事前投句要領】

①便箋二枚をそれぞれタテ二つ切りにする。
②各片毎に題と作品２句をタテ書き。
③裏面に住所・氏名を記入。
④８０円切手５枚同封。

【会員募集】

年会費１，０００円。
全入選句および次回の応募要領などを掲載した会報を年６回奇数月に送付。

【投句先事務局】

〒532-0025 大阪市淀川区新北野１丁目3-4-706
本田智彦宛（郵便振替００９５０-８-７３９６８）
電話０６-６３０３-７２９７

■編纂／礒野いさむ（いそのいさむ）　プロフィール

本名・礒野勇。大正7年8月28日、大阪市に生まれる。

川柳活動は、昭和16年番傘同人となり、同17年から終戦まで同誌の編集を担当。同48年に「番傘」一般近詠選者となり、以後幹事長を経て同57年から番傘川柳本社主幹に就任。

「産経新聞」おおさか川柳選者。

日本川柳協会常務理事、大阪川柳人クラブ会長、番傘川柳本社主幹。著書に「川柳人間」礒野いさむ句集。有斐閣版「観賞川柳五千句」。他に構造社出版　川柳全集第15巻作品集「礒野いさむ」、芸風書院　日本現代川柳叢書第1巻「礒野いさむ句集」と句碑が大分県湯布院温泉・牧場の家と堺市・美多彌神社境内にある。

平成3年川柳作家として叙勲をうける。

ワダカルシウム製薬㈱元専務取締役

■表紙イラスト（裏表紙）／多保正則（たぼまさのり）

関西人らしいユーモアのある書画イラストは、癒しと安らぎを感じさせるイラストレーション。和紙による俳画や柳画は、独自の世界を醸し出し多くのファンに支持されている。
イラストレーション TURBO（大阪府、堺市内）

おおさか川柳《せんりゅう》
――千余句の人間川柳――

二〇〇七年六月二十七日　初版第一刷発行

編纂
礒野いさむ

発行者
井戸清一

発行所
図書出版　浪速社
大阪市中央区内平野町二―二―七
電　話（〇六）六九四二―五〇三二
FAX（〇六）六九四三―一三四六

印刷・製本
モリモト印刷（株）

ISBN978-4-88854-019-3